当代著名作家及学者
年谱系列

林建法 主编

谢天振学术教育年谱

宋炳辉　郑晔◎著

华东师范大学出版社
·上海·

图书在版编目(CIP)数据

谢天振学术教育年谱/宋炳辉,郑晔著. —上海:华东师范大学出版社,2021

(当代著名作家及学者年谱系列)

ISBN 978 - 7 - 5675 - 9706 - 8

Ⅰ.①谢… Ⅱ.①宋…②郑… Ⅲ.①谢天振—文学研究—年谱 Ⅳ.①I206.7

中国版本图书馆 CIP 数据核字(2021)第 023082 号

本书系上海文化发展基金会图书出版专项基金资助项目

当代著名作家及学者年谱系列

谢天振学术教育年谱

主　　编　林建法
著　　者　宋炳辉　郑　晔
策划编辑　王　焰
责任编辑　朱华华　唐　铭
特约审读　郑雯文
责任校对　王丽平
装帧设计　卢晓红

出版发行　**华东师范大学出版社**
社　　址　上海市中山北路 3663 号　邮编 200062
网　　址　www.ecnupress.com.cn
电　　话　021 - 60821666　行政传真 021 - 62572105
客服电话　021 - 62865537　门市(邮购)电话 021 - 62869887
地　　址　上海市中山北路 3663 号华东师范大学校内先锋路口
网　　店　http://hdsdcbs.tmall.com

印 刷 者　上海昌鑫龙印务有限公司
开　　本　787×1092　32 开
印　　张　10.25
插　　页　8
字　　数　156 千字
版　　次　2021 年 3 月第 1 版
印　　次　2021 年 3 月第 1 次
书　　号　ISBN 978 - 7 - 5675 - 9706 - 8
定　　价　48.00 元

出 版 人　王　焰

(如发现本版图书有印订质量问题,请寄回本社客服中心调换或电话 021 - 62865537 联系)

左起：贾植芳，廖鸿钧，倪波，谢天振

（摄于 1980 年代）

左起：谢天振，饶芃子，季羡林，乐黛云

（摄于 1990 年代）

2016 年 10 月 11 日,
谢天振寻访西班牙托莱多翻译院遗址

2018 年 10 月 20 日，
在上海大学"上海市比较文学研究会第 12 届年会"上，
谢天振与本书作者宋炳辉合影

2020 年 1 月 11 日，
谢天振在"当代翻译研究前沿高峰论坛
——中国翻译理论话语建构与传播学术研讨会"上
做主旨发言

谢天振著作书影

"我的目标始终如一。"

当我回顾自己三十多年走过的学术道路乃至人生道路时，我发觉在大学时代所读到的马克思的这句话，一直在或隐或显地指引着我的行动。虽然在不同时期我的学术重心有所变化——从外国文学到比较文学再到翻译学研究，但我一直要求自己能树立起明确的学术目标，至今仍不懈地努力追求着。

谢天振

《"目标始终如一"——我的学术道路回顾》

序言

记得三十年以前,我刚入复旦大学中文系读书的时候,章培恒先生出版了他的第一部著作《洪昇年谱》,受到学界高度好评。直至今天,我在百度上搜索书名,还会跳出这样的评价:"该书不仅首次全面细致地胪列了谱主的家世背景、个人遭际、思想著述、亲友关系等,还就洪氏'家难'、洪昇对清廷的态度以及演《长生殿》之祸等诸多有争议的问题提出了一系列独到见解,将洪昇生平及其剧作研究推进了一大步。"依我看,编制年谱,功在三个方面:一是详细考订谱主家世背景、个人遭际、思想著述、亲友关系等史料;二是对于谱主经历的历史事件的深入探究;三是对其人其书的整体研究的推进。那时我在学校里接受的教育是，年谱编撰是最花时间最吃功夫，同时也是最具有学术价值的一种治学方法。研究者在学术上的真知灼见被不动声色地编织在资料选择和铺陈中，而不像有些学术明星，凭着胆子大就可以胡说八道。后来章先生指导研究生研究古代文学，也是先从研究作家着手，而研究作家先要从编撰年谱着手，于是就有了一套题为《新编明人年谱丛刊》的年谱系列，这套书至今仍是我最珍爱的藏书之一。

章培恒先生的导师蒋天枢先生，曾在清华研究院国学门受过陈寅恪、梁启超等名师指点，蒋先生晚年，受陈寅恪先生的嘱托，放下自己的许多著述不做，集中精力整理恩师的遗著。一套书干干净净地出版了，最后一本是蒋先生编订的《陈寅恪先生编年事辑》，用年谱形式，把陈先生一生的著述活动都保存下来，没有一句花里胡哨的空洞之言。后来缪托陈先生知己的学人名流有的是，却没有一个在陈先生受到困厄之苦时候"独来南海吊残秋"的。这些流传在复旦校园里的故事，既告诉我们如何做学问，也告诉我们如何做一个知识分子。

倒也不是说，做年谱就是有真学问，谈理论就不是真学问。章先生后来也是从史料考辨走出来，偏重学理史识，成为一位被人敬重的文史大家。但是我们从蒋先生到章先生再到章门弟子的传承中可以看到，编制编年事辑（年谱）成为他们学术训练的一个基本方法。古代文学研究如此，现代文学研究也是如此。我早年追随贾植芳先生研究中外文学关系，先生首先就指示我从搜集的大量资料中编撰一份"外来思潮、流派和理论在中国现代文学史上的影响"的大事年表，罗列西方诸思潮流派在中国传播影响的编年记录；这份年表有六万多字，把这一时期中外文学交流关系的来龙去脉基本上都弄清楚了。后来我写作《中国新文学整体观》里使用的材料观点，基本上得益于这份大事年表。所以我一直坚持这样的想法，培养研究生治学研究，从作家研究，或者具体问题研究起步，收集资料，编撰年谱或者编年事辑，是最好的训练方法。研究者的研究方法、学术观点，都由此而生；为后来者的研究，也提供了一份绕不过去的研究成果。

可惜这种扎实的学术风气，到了 20 世纪 90 年代以后，在高校的研究生培养中渐渐式微，一些似是而非、华而不实的流行理论、外来术语、教条形式都开始泛滥，搞乱了青年学子的求知心路,也破坏了良好求实的学风。现当代文学研究领域尤其严重。今林建法先生受聘于常熟理工学院,担纲校特聘教授与《东吴学术》执行主编。林先生从事文学编辑三十余年,对于学界时弊看得清清楚楚,他首倡编撰当代作家学者年谱,为当代文学研究提供一份作家学者的年谱资料,也为学科发展提供信史。我赞成他的提倡,这个建议不仅有利于当代文学学科基础的夯实,也为研究生的学术训练、学风培养开拓了一条有效的道路。

《东吴学术》年谱丛书(当代著名作家及学者年谱系列)由华东师范大学出版社出版,这是一个良好的开端,我希望这套丛书在林建法先生的主持下能够坚持若干年,不断开拓选题,为当代文学研究奠定坚实的基础。

2014 年 4 月 19 日写于鱼焦了斋

2017 年 4 月修订

目录

1944 年　一岁

3月5日,农历二月十一,谢天振出生。排行第二,上有大其两岁的哥哥谢天健,之后陆续又有三个弟妹(大妹慧丽、弟弟天汉、小妹慧萍)出世。其父谢先中(曾用名谢仙踪、谢国宝,字鹏),浙江萧山瓜沥镇人,高中毕业后即在故乡一所小学任教。其母宋越先,浙江绍兴人,在绍兴城里的育婴堂任职。关于谢天振的出生地需要解释一下。他在所有人事部门系统下发的表格的"籍贯"一栏上都填写着"浙江萧山",在许多场合他也自称是"浙江萧山人",但在他的出国护照上的"出生地"一栏中却写着"上海"两字。笔者当面询问其缘故,他回答说护照上的"出生地"填写为"上海"是为了方便,怕有关部门看了他的籍贯是"浙江萧山"而质疑其"不一致",因而要多费口舌。其实他真正的出生地是他的姨婆家,位于浙江绍兴郊外一个名为洋港的小村落。

谢天振出生后没几个月,其父因年少气盛,说了些针砭时政的言辞而被人举报,日军占领下的绍兴地区伪军(即汪精卫傀儡政府组建的"和平建国军",简称"和平

1

军")要来缉捕他,于是夫妻俩带着才几个月大的谢天振和长子谢天健,租了条乌篷船,冒着瓢泼大雨逃离洋港。出逃前其母急中生智,将随身携带的一两多黄金夹在襁褓中的谢天振的腋下,竟然安全通过了日本兵的关卡。之后他们一家四口就辗转于其外婆家——离绍兴县城更远的山区小村宋家店——以及其父亲的老家萧山县瓜沥镇之间。约半年后,其父应朋友之邀,携妻子和长子谢天健去上海谋生,把谢天振暂时寄放在宋家店外婆家。大约在谢天振两三岁时,他的姨妈将其带往已经在上海工作的父母家,从此他便在上海居住生活至今。

当时谢天振父母带着长子谢天健住在天津路浙江中路口的德仁里5号,对这所房子谢天振也写过一段回忆性的文字:

印象中,德仁里5号好像就是一间孤零零的房间,没有厨房,没有卫生间,也没有紧挨着的左邻右舍和楼上人家。从天津路走进德仁里弄堂没几步的左前方,大约最多也就一二十几米吧,就是我们住的房间——德仁里5号。记忆中我们房间也就十几个平方米，有一扇朝北的窗。不知是因为那扇窗开得比较高，还是我们人小的缘故，我感觉它很高。我记得白天父母亲上班的时候，我有时就会和哥哥俩站在椅子上，踮着脚，朝着窗外眺望，盼望着父母能早一点下班回家。

天津路德仁里的弄堂口正对着今天的上海服装公司（当时称先施公司，解放后称上海时装公司）后门，但当年那里还开着一家在上海滩很有名的浴德池浴室。这家浴室解放后也存在了好多年，好像直到上世纪八九十年代时才关闭或搬迁的吧。我家5号房间的门是朝东的，正对着一家叫做"荃香"的广东饼家兼烧腊店的后门。广式点心很香，所以我们住在5号里经常会闻到一阵阵的叉烧之类的肉香，月饼、鸡仔饼之类的糕饼香。在我的记忆中我们家好像从来也没有吃过荃香的糕饼和烧腊味食品，不过哥哥倒记得每逢中秋节父母亲通常会到荃香买些小月饼给我们兄弟解解馋，平时还经常会到荃香买些猪油渣回来,炒青菜或烧豆腐。由于这些猪油渣炸得还不是很透,所以无论是炒青菜还是烧豆腐,油润润的,味道很好吃。这样,尽管没有肉,但菜里有了猪油味,也算是开了荤了。弄堂里,每到傍晚时分,经常有一个人挎着一个很大的元宝篮,走街串巷地叫卖熟食。篮子上面覆盖着一块白布,如果有哪家人家叫住他,他就会掀开白布,露出下面上海市民都非常喜欢吃的鸭头、鸭爪、猪肝、猪头肉之类的卤味熟食供你选购。篮子里还有一杆带盘子的秤和一把刀,买家选定东西后,他就会动作非常麻利地把买家所选的东西切好,称好,然后用纸包好递给买家,还洒上一点花椒盐之类的调料。不过我们家好像从来也没有买过这个人的熟食。

德仁里5号对我们家来说有着非常重要的纪念意义,大妹慧丽、弟弟天汉两人都是在这间房间里出生的。大概是因为天汉生下来后,家里需要请一个保姆,德仁里5号的房间更显得小了,所以父母亲才决定搬家的吧。于是我们就搬到了广东路的中央大楼 506 室。那一年，应该是 1950 年。

这幢中央大楼也就是解放前很有名的中央大旅社，业主是上海滩上赫赫有名的地痞流氓头子之一的陆里奎。据说上海话里的"摆奎劲"一词即来源于陆里奎的名字。中央大旅社解放后收归国有，三楼、四楼被用作新华书店招待所，二楼及四至六楼被用来出租作居民住房。①

1950 年　七岁

9 月，进入上海市老闸区（现黄浦区）明惠小学（后改名为浙江中路小学）学习。

谢天振从小喜欢读书，大约从小学五年级开始，他就养成了阅读的习惯。他曾写道：

---

① 引自谢天振回忆录《广东路记忆》（未公开发表）。

我从小喜欢阅读文学作品，还在小学五六年级时，就开始读知侠的《铁道游击队》，苏联小说《短剑》和《古丽雅的道路》等，进入初中后，迷上了巴金的《家》、《春》、《秋》以及李劼人的《死水微澜》等小说。[①]

他在另一篇文章中写道：

我从小喜欢读书。上世纪五十年代初，我们国家出过不少外国民间故事选（或集）之类的书，什么"朝鲜民间故事"呀，"立陶宛民间故事"呀，我一本接一本地看得津津有味。看完了借得到的所有民间故事以后，我又转向了童话故事书，"格林童话"、"安徒生童话"都找来看了。进入小学高年级后，我开始不满足于读那些短篇故事了，于是开始找长篇小说读，《水浒》、《三国》、《封神演义》、《说岳全传》等，以及一些苏联

① 谢天振：《一波三折的大学生活》，载《我的大学时代》，福州：福建教育出版社，2001年版。

的翻译小说,如《古丽雅的道路》、《短剑》、《卓娅和舒拉的故事》等,成为我当时最热衷的读物。①

1956 年 十三岁

7月,小学毕业,以优异成绩考入黄浦区当时仅有的两所重点中学之一光明中学(即民国时期的中法中学)。

是年暑假,谢天振获得参加上海市教工子弟夏令营的机会。夏令营设在当时的上海市幼儿师范学校内,时间为两个星期。夏令营期间还组织学生去无锡游览两天。这是谢天振第一次离开家庭独立参加集体生活。夏令营结束回到家后,谢天振发现家里空无一人,原来祖父去世了,父母亲携他的三个弟妹赴萧山瓜沥奔丧。因他在夏令营,家里人也就没有通知他。他不可能独自去萧山,祖父的去世与独自一人在家的生活,虽使他感到几分

① 谢天振:《纸质文本的深度阅读改变人生》,《社会科学报》(上海),2014 年 4 月 24 日。

孤独,但自小独立生活能力很强的谢天振,倒也并不觉得太寂寞,他每天自己买菜做饭,饭后就到离家不远的黄浦区图书馆看书,直到一周后他父母亲从萧山奔丧回来。

9月,正式进入光明中学学习。

从小学生升级为中学生,最让谢天振感到高兴的是有了学生证。有了学生证,他就可以进入向往已久的上海市图书馆看书了。对此,谢天振后来在一篇文章中有所回忆:

1956年我考上了光明中学。考进中学有一件事让我最感兴奋,那就是我有了学生证,因为当时小学生没有学生证。而有了学生证,就意味着我可以进入上海图书馆看书了!当时上海图书馆有个规定:一是要凭证件才能进馆看书,另一个规定是没有证件的人要身高在1米47公分以上才可以进馆。我那时个子矮小,大约才1米45公分,所以只好到我家附近的黄浦区图书馆去看书。但区图书馆书的品种少,我感兴趣的书不多。所以我取得了学生证之后的第一件事,就是直奔我向往已久的上海图书馆。

当年上海图书馆读者读书的盛况现在回想起来简直像天方夜谭:那时上海图书馆还没有现在的新馆,它还在南京西路、黄陂路口,市中心人民公园的西北角,有一口大钟的大楼内。(因座位有限,馆方控制入馆人数,当超出限定人数时,后来者只好在门外等候,待有人离开后才放相应的人数入馆。)每逢星期天,进馆看书的读者特别多,入口处总会排起长长的等候入馆的队伍,通常有二三十人,多的时候则从二楼一直排到底楼,恐怕就有五六十人,甚至更多。等候的时间倒也不算太长,一般等个刻把钟,至多半小时,也就可以进去了。这是因为读者中有一批人是工程技术人员,他们往往就是来查阅某些相关的技术资料,查完后也就离去了。大约有三分之二的读者是像我一样的"钉子读者",进馆后一坐就是半天,有的甚至一直要坐到闭馆才离去。通常到下午三四点钟以后都还会有人在门口排队等候进馆看书。

我在上海图书馆的读书历史持续了整整6年,从初中一直读到高中毕业。每个星期天我都是早早吃完午饭便步行去上图了。每次打开上图入口处的抽屉式书目卡片箱,翻阅着一张张印着中外图书书名的卡片,我心里就会涌起一阵狂喜,觉得自己是天下最幸福的人,因为这么多书都是我可以自由借阅的,可以尽情享受的。[①]

1959年 十六岁

7月,初中毕业,考入上海市第六十七中学。

在高中阶段,谢天振对文学的兴趣越来越浓,他的作文经常被语文老师当作范文读给全班同学听,这大概与他在此期间每星期天都到上海图书馆读书有一定关系。

[①] 谢天振:《纸质文本的深度阅读改变人生》,《社会科学报》(上海),2014年4月24日。

正如他自己所述："（自进入初中开始）在上图这6年的读书经历培养了我对文学的兴趣和爱好，提高了我的作文写作能力，在高中毕业前夕夺得全校作文比赛第一名，更是奠定了我走文学道路的志向，从而改变了原先报考医学专业的志愿，改为报考文科大学，进入了上海外国语学院（现上海外国语大学）俄语系。"①

在高中阶段，谢天振还表现出一定的组织能力：他组织班上对文学有兴趣的同学成立了一个"文学求精会"，每星期都有一两次组织大家在课余时间一起讨论某部文学作品，或组织大家一起去看一部电影，回来后各自写一篇影评再一起讨论。尽管这个所谓的"文学求精会"只是一个普通的文学兴趣小组，但在"文革"期间也差点给他带来大麻烦：据他的中学同班同学回忆，他们中有好几个人曾接受过有关方面的正式调查，以了解这个"文精会"（"文学求精会"简称）是不是一个反动组织。

---

① 谢天振：《纸质文本的深度阅读改变人生》，《社会科学报》（上海），2014年4月24日。

1962 年　十九岁

9 月,高中毕业,考入上海外国语学院(现上海外国语大学,以下简称"上外")俄语系。

其实,谢天振最初的高考志愿并不是上外,而是复旦大学的中文系。他说:

　　但是直到高中三年级之前,却并没有考虑过要考大学的中文系,更没有想过要考俄语系。在刚刚升入高三时,一度倒曾经有过学医的想法。但高中毕业前,全校举行了一次作文竞赛,我得了第一名,虽然奖品只是薄薄的一本毛泽东的小册子《在延安文艺座谈会上的讲话》,却使我改变了学医的想法。

　　当年(1962 年)我们考大学时,大学专业分为三类,第一类是理工科,第二类是医科,第三类为文科。考生选择类别后填写报考志愿,但不能跨类填写志愿,即考医的就不能填写文科的志愿。作文竞赛得了第一名后,老师、同学纷纷鼓励我报考文科,这时我自己对文学的兴趣也更加浓厚了,于是决定"弃医从文"。

拿到高考志愿表后,我开始考虑怎样填写文科专业的志愿。其实我很想填新闻专业,譬如复旦大学的新闻系就是我心向往之的,但我自知我的家庭出身不够"硬",既非工农子弟,又非党员干部后裔,本人连团员都不是,在那个万事都要讲"阶级成分"的年代,像我这样的人要进新闻系的难度是很大的,于是我就把目光转向了中文专业,并把复旦大学中文系填作我的第一志愿。①

1963 年 二十岁

9月,升入上外俄语系二年级。

对上外俄语系第一年的学习生活,谢天振"感到有点

---

① 谢天振:《一波三折的大学生活》,载《我的大学时代》,福州:福建教育出版社,2001 年版。

失望,一度甚至萌生了退学重新考大学的念头",因为一年级时那种语音、语法、词汇课上的基本训练实在满足不了他对文学的兴趣和渴求。这种不稳定的思想在他升入二年级后有了彻底的改变,因为谢天振遇到了一位非常敬业、业务水平又高的老师倪波教授。倪波教授见他对文学有浓厚兴趣,便每周抽出一两个晚上的时间,辅导他直接读俄语原版的屠格涅夫小说《贵族之家》。"(如此)一个学期下来,我完全被优美、伟大的俄罗斯文学所深深吸引,不仅打消了原先的退学念头,而且还开始特别投入、特别勤奋地学习俄语,后成为全系三名学习成绩最优秀的学生之一。"[1]

谢天振还说:

> 通过这一学期的高难度的阅读,我的俄文阅读水平有了明显的长进。而且,更重要的是,通过这样的阅读,我体会到了直接品尝俄罗斯文学原著的那种难以言传的快乐和享受。从

---

[1] 谢天振:《纸质文本的深度阅读改变人生》,《社会科学报》(上海),2014 年 4 月 24 日。

此,每星期天去逛外文书店时,我的目光就开始投向了那些文学名著。不到一年的工夫,托尔斯泰三部代表作《战争与和平》《安娜·卡列尼娜》《复活》以及他的自传三部曲《童年·少年·青年》,果戈理的《死魂灵》,屠格涅夫的《贵族之家》《春潮》以及他的中短篇小说集,陀斯妥耶夫斯基的长篇小说《白痴》,三卷本的《契诃夫作品选》和《契诃夫剧作集》,以及高尔基的著名三部曲等几十本俄苏文学的名著,统统摆上了我的书架。①

1964 年　二十一岁

9 月,升入上外俄语系三年级。

升入三年级以后,谢天振阅读俄语原著的能力有了长足的进步,不用老师辅导,一个学期不到就独自把《前

---

① 谢天振:《我的俄文藏书》,《文汇读书周报》,2006 年 10 月 21 日。

夜》等三部俄罗斯文学名著念完了。

按照当时上外的规定,升入三年级后,成绩较好的学生才有资格选修第二外语。当时多数学生选择英语作为二外,但谢天振等十来个同学觉得学习英语的机会今后还多,所以选择德语作为二外,系里也专门为他们开设了一个德语班。

1965 年 二十二岁

9 月,升入上外俄语系四年级。

从大学四年级起,谢天振开始迷上俄罗斯诗人的俄语原作,对普希金、莱蒙托夫、叶赛宁以及伊萨科夫斯基等人的诗作更是情有独钟。课余时间他如痴如醉地背诵普希金抒情诗和长诗《叶甫根尼·奥涅金》中女主人公达吉雅娜写给奥涅金的信,以及莱蒙托夫的诗《雾海孤帆》等作品。

1966 年 二十三岁

6 月初,离谢天振大学毕业还有不到一个月的时间,

"文革"爆发。全校"停课闹革命",他的大学生涯也就此结束。"文革"初期,他与全校师生一样,看大字报,写大字报,参加批斗会。

9月,谢天振与其他两男两女四个同班同学一起,结伴开始"革命大串联"。挤上火车,从上海到天津,再由天津转赴哈尔滨,从哈尔滨到北京、武汉,再到广州。在广州"串联"期间,他的钱包被窃,于是他只好从广州经杭州返回上海。"串联"期间,9月15日,他在天安门广场亲历并目睹了毛泽东接见红卫兵。然而,就在他在外进行"革命大串联"之时,他的父亲被作为"牛鬼蛇神"揪出来批斗,家被抄。家中最宝贵的两件祖传文物,一幅文征明的字和一个古代拉弓箭用的汉玉扳指也被抄走,从此下落不明,"文革"结束后也一直未能归还。

9月下旬,谢天振在杭州还专程去拜见了他尚未正式过门的嫂子邵湘愉的父亲、著名国学大师邵祖平先生。多年以后,谢天振在陈思和教授的帮助下,把邵祖平生前未出版的在四川大学讲学时的讲稿《词心笺评》纳入陈思和、贺圣遂主持的"火凤凰学术遗产丛书",由复旦大学出版社出版,这在当时肯定是不曾预料的一种缘分吧。

1967年 二十四岁

是年"文革"进入第二年,谢天振回忆说:"'文革'进入第二年,我们的'革命热情'渐渐有些冷却了。"①事实也是如此,"文革"进入第二年后,高等院校师生从"文革"初期的两大派,即"造反派"和"保皇派",演变成三大派:原先的"保皇派"也变成了"造反派",只是这新旧两个"造反派"之间是有矛盾的,他们相互争夺着主宰学校的话语权和领导权;而更多的师生对此已经没有兴趣,于是形成了一个所谓的"逍遥派"——不须上课,不须上班,也没人管,逍遥自在地想干什么就干什么。谢天振因为家庭成分不好,本人连共青团员都不是,所以他没有资格参加"造反派"。不过他也没有真的"逍遥",从这一年到第二年4月正式分配工作离开上外止,他做了三件事:

一是借着"学生运动与工人运动相结合"的名义,与几个同学一起,上了一艘七千吨位的大货轮"战斗47号",在公海上"漂流"了一两个月,其间还遭遇了一次七

① 谢天振:《一波三折的大学生活》,载《我的大学时代》,福州:福建教育出版社,2001年版。

级风浪，晕船呕吐，把肚中所有东西呕吐出来后还不止，还吐黄水、血水，切实体验了一把高尔基《在人间》一书中所描绘的海员生活。

二是借着"批判苏联修正主义电影"的名义，在上海电影译制片厂与该厂的配音演员、导演以及工农兵代表一共二十几个人一起，观看了《一个人的遭遇》、《雁南飞》、《士兵之歌》等"苏修电影"。而为了要他们写出大批判文章，上海图书馆还破例允许谢天振和他的十来个同学借阅苏联电影杂志、画报等。在"文革"中一切外国图书均被禁止借阅的情况下，这个特权对他们来说不啻是"一种超级文化享受"。他们看了一个多月，最后由谢天振执笔写了一篇"批判苏联修正主义电影"的文章交差。

三是借着这一年无须上课也无须上班的机会，谢天振开始自学英语、日语和法语。他集中花了三个月的时间，每天花十几个小时刻苦研读，就把许国璋主编的四册英语教材都学完了。他后来回忆说："正是靠了这三个月时间里打下的英语基础，我后来竟然做了整整十一年的中学英语教师，也正是靠了这三个月时间里打下的英语基础，我后来还到了加拿大阿尔贝塔大学比较文学系做了半年的高级访问学者,甚至还出席了多次国际会议。"①

1968 年　二十五岁

4月,原本应该是在1966年7月毕业的谢天振在这一年的4月总算正式从上外俄语系毕业了。原先的毕业工作分配方案因"文革"而作废,他被分配到上海市虹口区建江中学做外语教师,前后长达十一年。起先一直教英语,后来有了俄语班,也兼教俄语。

在建江中学任教期间,谢天振为了继续提高自己的英语水平,还把英文版《中国文学》杂志上的小说翻译成中文,与他分配在湖南衡阳某公社中学里的同届同学马国泉相互交换译文,并相互评点对方译文的优劣得失。马国泉改革开放后即赴加拿大、美国攻读博士学位,后任美国加州州立大学洛杉矶分校政治学教授。

在中学教书期间,谢天振为上海译文出版社无名无

----

① 谢天振:《一波三折的大学生活》,载《我的大学时代》,福州:福建教育出版社,2001年版。

偿地翻译了许多内部资料，包括国际政治和苏联经济改革等方面的资料，总字数约有一百多万。谢天振后来在北京大学所做的一个讲座中提到："还在'文革'期间，我曾经为上海译文出版社翻译了许多外文资料，当时没有一分钱稿费的，但我干得非常起劲，因为它与自身的兴趣如此一致。"①

1971 年　二十八岁

10 月 1 日，谢天振与复旦大学化学系女教师金曼娜结婚。

婚后，谢天振仍然如婚前一样非常勤奋地读书、做翻译，金曼娜的姑妈金振之见他如此喜爱文学，就介绍他去认识她的朋友，原《萌芽》杂志社的负责人韩晓鹰先生。由此，谢天振跟韩晓鹰以及韩夫人——著名沪剧《罗汉钱》、《星星之火》的编剧宗华女士——多有往来。韩晓鹰又介绍谢天振去见了当时正好在主持内部刊物《摘译》的

---

① 谢天振：《译介学与比较文学理论建设》，载文池主编：《在北大听讲座》第 15 辑，北京：新世界出版社，2006 年版。

著名老作家肖岱,希望能为谢天振争取到一些文学翻译的机会。

1972 年 二十九岁

从这一年起,"文革"开始以来一直被禁止的外国文学翻译作品开始极其有限地恢复出版发行了。正如谢天振后来在一篇关于"文革"时期的外国文学翻译的学术论文中所说:"中国的'文化大革命'始于 1966 年五六月间,但外国文学的翻译实际上从 60 年代初起已呈逐年减少的趋势,至'文革'爆发后则完全停止。之后,直到 70 年代初,才逐步开始恢复外国文学作品的翻译、出版和发行。"①谢天振还指出:"'文革'期间的外国文学翻译和出版分为两种情况:一种属于公开出版发行,这一类图书可在当时的书店公开出售和购买,但只有少量的几种,多为'文革'前已经翻译出版过的、且得到过权威人士(如

① 谢天振:《并非空白的十年——关于中国"文革"时期的外国文学翻译》,载谢天振个人论文集:《比较文学与翻译研究》,上海:复旦大学出版社,2014 年版。

马、恩、列、斯、毛、鲁迅等)肯定的图书;另一种属于'内部发行'。所谓'内部发行',这是一种非常特殊的图书发行形式,一些有限的读者,多为高级干部和高级知识分子,通过一种特别的渠道,可以购买到一些不宜或不准公开发行的图书。"①

作为一名外国文学的爱好者,谢天振敏锐地觉察到了这一新的文化迹象,他千方百计地通过各种渠道去借阅,甚至想方设法地去购买这些"内部发行"的外国文学翻译图书。这些图书包括当代苏联文学,特别是一些反映当时苏联社会现实的长篇小说,如谢苗·巴巴耶夫斯基的《人世间》《现代人》,弗·阿·科切托夫的《你到底要什么?》《落角》,伊凡·沙米亚金的《多雪的冬天》,钦吉斯·艾特玛托夫的《白轮船》,维·利帕托夫的《普隆恰托夫经理的故事》,谢苗·拉什金的《绝对辨音力》,康·西蒙诺夫的《最后一个夏天》,尤里·邦达列夫的《热的雪》等。

另外,还有日本文学和美国文学作品,如三岛由纪夫

---

① 谢天振:《并非空白的十年——关于中国"文革"时期的外国文学翻译》,载谢天振:《比较文学与翻译研究》,上海:复旦大学出版社,2014年版。

的《忧国》和四部曲《丰饶之海》，山田洋次等著的《望乡——日本的五个电影剧本》，有吉佐和子的《恍惚的人》，小松左京的《日本的沉没》；日本电影剧本《沙器》、《望乡》等；美国作家理查德·贝奇的《海鸥乔纳森·利文斯顿》，埃里奇·西格尔的《爱情的故事》，尤多拉·韦尔蒂的《乐观者的女儿》，赫尔曼·沃克的三卷本《战争风云》，詹姆斯·米切纳的《百年》等。

谢天振收集购买到的这些图书在当时就非常珍贵，更不用说其对于现在从事翻译文学史研究的学者的意义。他曾在一篇文章中提到："当时一套四册的《第三帝国兴衰史》在黑市上可以换到一辆新的凤凰牌或永久牌自行车，而当时一辆自行车的价格可是差不多相当于我们三个月的工资啊！更何况当时的自行车还不是轻易可以买到的，得凭票。由此可见当时这些内部发行图书的珍贵。"①

除了文学翻译作品，"文革"期间"内部发行"的图书中还有一部分是政治性质的作品，包括政治人物如尼克松、基辛格等人的传记或自传，以及考茨基、伯恩斯坦这

---

① 谢天振：《纸质文本的深度阅读改变人生》，《社会科学报》（上海），
2014 年 4 月 24 日。

样一些国际共运史上的政治人物的言论汇编。翻译出版这些书的初衷是为了供批判用,从反面来证明当时"四人帮"所奉行的那一套极左路线的正确,不过其实际接受效果恰恰相反。谢天振回忆说:"我当时读了所谓的修正主义领袖伯恩斯坦的一句话'运动就是一切,最终目标是微乎其微的',就深受启发⋯⋯当时读过的一本法国总统德斯坦的传记,其中提到德斯坦信奉'积极宿命论',意思是尽管命运不可把握,但自己要作好准备,这样一旦机会出现时就能够把握住,对我的人生态度影响也非常深。我1968年大学毕业离开上外到本市虹口区一所中学任教,那是一所条件非常差的中学,但十一年中学教书期间,我一直没有停止读书。当时有一位同事看我如此投入地读书,颇为好心地对我说,'我们当初刚来时也是这样的'。言下之意,后来他就不这样了。不过,我这个'当初'一直坚持到了最后。'文革'结束、研究生制度恢复后,我以第一名成绩重新考回上外,我想跟这段时间坚持读书有很大关系。"[1]谢天振后来于2016年把他

① 谢天振:《纸质文本的深度阅读改变人生》,《社会科学报》(上海),2014年4月24日。

在"文革"期间收集到的这些珍贵的"内部发行"的外国文学翻译作品,连同他其他的珍贵藏书一起,全部捐赠给广西民族大学以他名字命名的"谢天振比较文学译介学研究资料中心"。

这段经历对谢天振后来的学术研究也有直接影响。谢天振在一篇访谈中曾提到:"后来 2000 年我到南非参加国际比较文学学会的年会,我在会上做的主旨发言主题就是谈中国'文革'期间的文学翻译,反响相当热烈。巴西代表表示,他们国家⋯⋯因为曾是军事独裁政权,他们国家的文学翻译一度也是被政治和政权所左右。"韩国学者也就此作了相关回应。谢天振还提到:"当代翻译理论强调翻译受权力、意识形态、诗学等因素操控,而我在'文革'中就比较早地接触到这些事实,从而让我很早就意识到这一点,并对此有特别的感悟。"①

---

① 谢天振、张建青:《译介学与翻译学:创始人与倡导者——谢天振教授访谈录》,载宋炳辉等主编:《润物有声——谢天振教授七十华诞纪念文集》,上海:复旦大学出版社,2013 年版,第 443—444 页。

1975 年　三十二岁

10 月,谢天振为上海译文出版社翻译的众多内部资料中的一篇,苏联经济学家勃里亚赫曼的文章《时间的考验》,发表于《摘译——外国哲学历史经济》1975 年第 10 期。

1979 年　三十六岁

4 月,参加"文革"后上外俄语系首届研究生考试,在 72 名考生中脱颖而出,以第一名的成绩被录取为俄苏文学专业廖鸿钧教授的硕士研究生。

其实在上一年也即"文革"后恢复研究生招生制度的第一年,谢天振在上外俄语系的同届好友谢天蔚就曾约他一起报考上外研究生。但到报名点后一看,当时上外的研究生招生目录中仅有两个专业,即英语语言文学和语言学专业。他觉得这两个专业都不适合自己,所以尽管已经开好了报考研究生的单位介绍信,他还是毅然决然地放弃报考。谢天蔚当年即被录取为上外第一届语言学专业王德春教授的研究生,但谢天振第二年再考时却遇到了"风险":由于第一年研究生招生最后录取的考生中有许多人是中学教师,从而导致大量中学骨干教师的流失,于是国家教育部门下达了文件,不允许中学教师报考研究生。所幸这个文件下达时,离正式考试只有两个星期了,考生们已经办完所有报考手续,各相关中学的领导只能加以劝阻,而不能强行禁止他们参加考试。如果这一年谢天振不能参加研究生考试,没能考上研究生的话,他的人生道路恐怕不会是后来这个样子了。

1980 年　三十七岁

5 月,发表《漫谈比较文学》①,文章介绍比较文学这门学科的由来及研究对象、范围和特征,指出:"'比较文学'要求从文学的整体,即从世界文学的角度去研究文学。这就要根据世界历史的发展,联系社会、时代的特点,通过对两个或更多的民族或国家的文学之间的比较,

―――――――

① 谢天振:《漫谈比较文学》,载《译林》,1980 年第 3 期。

包括对文学运动、作家、作品、人物形象、艺术手段等，从形式到实质作一系列的比较，充分揭示文学所特有的发生过程，探索文学发展的内在规律。"文章还呼吁国内学术界重视这门学科的建设，"我们热忱地希望'比较文学'这朵文坛之花，也能在我国欣欣向荣地开放，给我国社会主义文艺的百花园增添春色"。

其实当时的谢天振对于比较文学也所知有限。他后来自己也说：

我走上比较文学的道路有点出于偶然：上世纪七十年代末、八十年代初，我正在上海外国语学院（现上海外国语大学）师从廖鸿钧教授攻读俄苏文学硕士学位。一天在翻阅当时还属于"内部发行"的《外国文学动态》杂志时，一则学术报道吸引了我的注意。该报道说有一位美国学者李达三（John Deeney）在北京做了一场学术讲座，此人的身份是"比较文学教授"。"比较文学？什么是比较文学？"这则报道激起了我强烈的好奇心，我于是遍翻当时可以找到的工具书,但当时国内已经出版的工具书里都没有"比较文学"的介绍。与我同宿舍的英美文学专业的研究生见我对比较文学如此好奇,便对我说,他可以帮我去问问他们的外籍专家,此人是美国文学专家和文学理论家,也许知道。结果那位美国教授借了一本书给我,说,这上面就有关于比较文学的内容。这本书就是后来在中国流传甚广的韦勒克与沃伦合著的《文学理论》,里面第二章的标题赫然就是:"民族文学、比较文学和总体文学"。

借得韦勒克与沃伦的《文学理论》后,我如获至宝,回来后就一遍又一遍地用心研读。接着,结合自己的心得体会以及收集到的有关材料,写了一篇《漫谈比较文学》,发表在 1980 年的《译林》杂志上。这也是当时国内报刊上继周伟明、季羡林两位先生之后倡导比较文学研究的第三篇文章。①

① 谢天振:《代序:我与比较文学》,载谢天振:《比较文学与翻译研究》,上海:复旦大学出版社,2011 年版,第 1 页。

同月,参加在上海衡山饭店举行的全国首届托尔斯泰学术研讨会。在这次会上,谢天振与失去联系多年的上外俄语系同班同学、当时正师从上海师范学院(现上海师范大学)著名翻译家朱雯教授攻读研究生的鲁效阳重逢。在会上,他还认识了两位新朋友——中国人民大学外国文学专业的研究生杨恒达和孔海立,并与他们结下终生友谊。杨恒达毕业后留校任教,成为中国人民大学外国文学教授,专治英美文学,兼及德语文学,目前致力于尼采全集的翻译。孔海立毕业后在华东师范大学短暂工作一两年后,又留学美国,师从美国著名汉学家、中国文学翻译家葛浩文教授攻读博士学位,现在美国费城斯沃斯莫尔学院(Swarthmore College)任教。

1981 年　三十八岁

5 月,翻译发表苏联作家 Б·瓦西利耶夫的短篇小说《出类拔萃的六个》①。

---

① 载《苏联文艺》,1981 年第 3 期。

6 月 13 日,出席在大连棒槌岛举办的全国首届高尔基学术研讨会。在这次会上他拜识了闻名已久的著名俄苏文学翻译家戈宝权、草婴、叶水夫等前辈学人,以及中国社科院外国文学研究所专门从事俄苏文学研究的专家张羽、陈燊、李辉凡等人。

1982 年　三十九岁

3 月,发表《理想和信仰的颂歌——柯罗连科的散文诗〈灯光〉欣赏》[①]。

5 月,以优秀成绩通过题为《论高尔基对克里姆·萨姆金形象的选择及其意义》的硕士论文答辩。由于谢天振是上外俄语系改革开放后第一届研究生,所以系里高度重视他的研究生论文答辩,聘请著名俄苏文学专家、华东师大俄语系冯增义教授为答辩委员会主席,委员为上外俄语系文学教研室主任江文琦教授和许贤绪教授。答辩语言为俄语,答辩持续了整整三个小时。

---

① 载《浙江青年》,1982 年第 3 期。

7月,研究生毕业留校,在上外刚成立不久的外国语言文学研究所任助理研究员,并立即受命筹办中国大陆第一本公开出版发行的比较文学专业杂志《中国比较文学》。

谢天振留校时面临两个工作部门的选择:一是留在俄语系任俄苏文学教师;一是去学校刚刚新建的,由教育部备案的专门研究机构:外国语言文学研究所。经过认真考虑后,他选择了后者。谢天振后来回忆说:

我研究生毕业留校工作,学校根据我的意愿,把我分配在刚刚建立不久的外国语言文学研究所。新成立的上外语言文学研究所首任所长是著名的乔叟专家、陶(渊明)诗英译专家方重教授,但主持研究所科研、教学等日常工作的是时任常务副所长的廖鸿钧教授。廖先生以其敏锐的学术眼光察觉到比较文学这门当时在中国还刚刚冒尖的新兴学科的无限发展前景,所以当机立断,把比较文学立为上外新组建的语言文学研究所的主攻对象,并主持编辑出版了一本内刊《外国文学与比较文学》。我留校工作以后,他即任命我负责筹办一本可以公开出版的比较文学杂志——《中国比较文学》。[1]

受命筹办中国大陆第一本比较文学专业杂志,对谢天振来说具有非常重要的意义,对此他在《我与比较文学》一文中有比较详细的阐述:

> 筹办国内第一本专门的比较文学杂志,对我这样一个刚刚走上学术道路的青年学子来说,是一个极富挑战性的任务,压力很大。好在当时一批学界前辈都对此事非常关心,并给予了极其热情的支持。季羡林先生欣然接受担任杂志主编,并在北京大学他的办公室里专门为组建杂志编委的事召开了一次工作会议。在会上,他点名请李赋宁、杨周翰两位教授出任杂志的编委,两位教授也欣然从命。接着,我又去拜

---

[1] 谢天振:《代序:我与比较文学》,载谢天振:《比较文学与翻译研究》,上海:复旦大学出版社,2011年版,第2页。

见了中国社科院外国文学研究所的前任所长冯至、现任所长叶水夫教授,文学研究所的唐弢教授和北京外国语学院(现北京外国语大学)的王佐良教授,同样得到非常热情的支持,并决定由叶水夫、杨绛、唐弢、王佐良、周珏良教授出任《中国比较文学》杂志的编委。在南京,我分别拜访了范存忠先生和赵瑞蕻教授。赵先生也表示很高兴担任即将创刊的《中国比较文学》杂志的编委,还送我一本他刚刚出版的诗集。在上海,筹办杂志的事进行得也是非常地顺利:施蛰存先生和方重先生应邀出任副主编,复旦大学的贾植芳先生和林秀清先生应邀出任编委。廖先生和华东师范大学的倪蕊琴教授不仅出任编委,他们还直接参与并指导杂志具体的编辑工作。

同时应邀出任《中国比较文学》杂志首届编委的还有天津南开大学的圣经文学专家朱维之教授。朱先生于1983年6月,联合天津师大、天津外国语学院,以及天津外国文学学会等多家单位,举办了具有开创性意义的第一次全国性的比较文学学术研讨会,为比较文学在中国大陆的重新崛起,同时也为新时期中国比较文学学术队伍的组建,作出了重要的贡献。对我个人而言,这次会议也同样意义重大,因为正是在这次会议上,我认识了孙景尧、卢康华、刘象愚、曹顺庆、杨恒达、刘介民、张隆溪等一批中青年学者,并与他们结下了深厚的友谊。在之后的20多年的时间里,我在编辑《中国比较文学》杂志时就一直得到他们全力的支持。①

8月,谢天振在"文革"期间翻译的回忆列宁的两万多字内部资料《同列宁的会见》(玛·莫·埃森著),被收入文集《回忆列宁(第二卷)》公开出版(人民出版社版),其时正值中国大陆开始恢复稿酬制度,谢天振也因此收到了他平生的第一笔翻译稿酬。

12月25日,获颁上海外国语学院(现上海外国语大学)文学硕士学位证书。

---

① 谢天振:《代序:我与比较文学》,载谢天振:《比较文学与翻译研究》,上海:复旦大学出版社,2011年版,第2页。

同月,发表《绝妙的讽刺艺术——散文诗〈"是"与"不"〉欣赏》①。

同月,发表论文《文学的事实与"事实的文学"》,载《上海外国语学院第十届科学报告会论文选编(学生分册)》。

1983 年　四十岁

6月21日至28日,出席全国比较文学学术研讨会。正如前文所提,这次会议由南开大学的圣经文学专家朱维之教授发起,并联合天津师范大学、天津外国语学院,以及天津外国文学学会等多家单位举办,是具有开创性意义的中国大陆第一次全国性的比较文学学术研讨会,为比较文学在中国大陆的重新崛起,同时也为新时期中国比较文学学术队伍的组建,作出了重要的贡献。对谢天振个人而言,这次会议也同样意义重大,因为正是在这次会议上,他"认识了孙景尧、卢康华、刘象愚、曹顺庆、杨恒达、刘介民、张隆溪等一批中青年学者,并与他们结下

① 载《浙江青年》,1982 年第 12 期。

了深厚的友谊。在之后的 20 多年的时间里,我在编辑《中国比较文学》杂志时就一直得到他们全力的支持"①。

8 月 13 日,接旅美学者张隆溪信,给筹备创刊的《中国比较文学》寄来两篇稿件,一篇是创刊笔谈《应当开展比较诗学研究》,一篇是论文《莎士比亚的变形:从剧本到演出》(两篇稿件后均刊发于《中国比较文学》创刊号,1984 年 10 月,浙江文艺出版社),并推荐美籍华人学者叶维廉的英文论文。该信内容如下:

> 谢天振、远浩一同志,
>
> 　现将在天津答应写的两篇稿交上,请你们审阅,看是否符合要求。《中国比较文学》是全国第一份专门的比较文学杂志,它的诞生一定会引人注目,不仅在国内②,而且会在港、台和国际上发生影响。台湾只有一份《中外文学》而

---

① 谢天振:《代序:我与比较文学》,载谢天振:《比较文学与翻译研究》,上海:复旦大学出版社,2011 年版,第 2 页。
② 按:此处引用尊重原文原貌,这里的"国内"与下文显然是指中国大陆、中国港台地区和国际上。

没有专门的比较文学杂志,《中国比较文学》是名副其实的唯一和最早的中国比较文学杂志。

八月底北京的中美学者比较文学讨论会即将召开,不知你们是否能派人来访会议的消息,在创刊号上发一篇报道? 这个会是第一次,影响将会不小,但愿它开得成功。

随信寄上叶维廉先生的一篇文章,是萧乾先生推荐的,希望能在国内翻译出版。此文本无大道理,但萧先生的意思是希望以此团结海外学者,为影响台湾做一点工作。你们看看,是否能找人译出发表。我的意见是由你们决定,如果打算发表,我觉得不要在创刊号上用,可以用在别的地方或以后的某一期上。

匆此,即祝

编安

张隆溪

一九八三年八月十三日

8 月 21 日,接中国社科院文学研究所唐弢信,并题为《发现"自己"》的创刊笔谈稿。信如下：

天振同志：

十七日信收到。我在青岛讲课两次，又想住下来看些材料，准备写《鲁迅传》。那里热得很，住了十天，就逃了回来，不过还是逃入北京这另一个大炉里。

在青岛时，遇到华东师大外文系两位教师，也谈起比较文学的事，是合作对象，回北京后，别的工作尚未上手，想写了这篇短文，现在寄来，请检收。

如有比较文学的材料，请寄些给我，我太孤陋寡闻了。

即颂

编安！

唐弢

83.8.21 夜

8月，与鲁效阳合译并发表当代苏联文艺理论家和文学批评家阿尼克斯特为韦勒克和沃伦合著的《文学理论》一书俄译本所写的批判性序言,译文题为《马克思主义与形式主义在文艺对象与方法问题上的分歧——评韦勒克和沃伦合著的〈文学理论〉》[①]。"译者附记"如下:

> 亚·阿·阿尼克斯特是当代苏联知名的文艺理论家和文学批评家。发表过有关于英国文学史的专著和关于莎士比亚、狄更斯等作家的评传和分析文章。本文是他为《文学理论》一书俄译本所写的批判性序言,原文约三万字,这里发表的是一份大约占原文一半的摘要。《文学原理》一书的中译本即将在我国出版,《文艺理论研究》(一九)八三年第3期中也曾介绍过其中的一章。现在我们提供这篇在苏联学术界有代表性的评论文章,请读者参考。

韦勒克与沃伦合著的《文学理论》的中译本在20世

---

① 载《文艺理论研究》,1983年第4期。

纪 80 年代对中国文学理论界影响极大,也是中国比较文学学科复兴时期的重要理论参考,这篇译文对于国内学界理解苏联学界对它的批评立场和观点具有重要参考价值。

本年,为筹备《中国比较文学》创刊,与国内外学者、作家频繁通信,先后收到巴金、季羡林、周珏良、赵瑞蕻、朱维之、林焕平、杨周翰、吴强、唐弢、范存忠、施蛰存、贾植芳、朱光潜、陈伯吹、戈宝权、赵毅衡等人的稿件。

1984 年　四十一岁

3 月,与董翔晓、鲁效阳、包幼华合著的《英国文学名家》出版①。

同月,发表论文《〈母亲〉的划时代性》②。

4 月,发表短论《俄国的"花木兰"——俄国作家杜罗娃和她的作品》③。

---

① 黑龙江人民出版社,1984 年 3 月出版。
② 载《中文自修》,1984 年第 2 期。
③ 载《文学报》,1984 年 4 月 26 日。

5月,出席在广西大学举办的"南宁比较文学讲习班暨教学讨论会"。在参加完会议主要项目后,与孔海立一起去广州拜访欧阳山、秦牧、陈残云等广东著名作家,为正在筹办的《中国比较文学》组稿。

同月,发表短文《文学的"国际旅行"》①。

同月,发表赏析普希金名诗《致恰达耶夫》的文章《崇高的信念　深沉的情怀》②,署名"谢景"。

6月,翻译发表俄国女作家娜杰日达·杜罗娃中篇小说《硫磺泉》③,署名"夏景"。

10月,负责具体筹建创办的中国大陆第一本公开发行的比较文学专业杂志《中国比较文学》正式创刊。翻译发表了苏联文学理论家、苏联科学院院士、俄罗斯文学研究所(普希金之家)所长布什明的论文《谢德林与斯威夫特》(由其导师廖鸿钧教授校对)。

10月27日,致信杨周翰教授,谈《中国比较文学》稿源问题。信如下:

---

① 载《文学报》,1984年5月17日。
② 载《中文自修》,1984年第3期。
③ 载《文学家》,1984年第2期。

杨先生：

　　大函敬悉。您对我们的表扬我们实在受之有愧。第一期杂志仓促上马，办得很粗糙，许多地方尚不符合编委们的要求，但我们将把您的表扬，看作是对我们工作的一种鼓励和鞭策，尽力把今后的工作做好。

　　大函点出了我们工作中的一个要害问题——稿源问题。确实，第一期的情况表明，我们的稿源相当短缺，虽然有京津两次会议，但北京十篇已被《文艺研究》和华师大的《文艺理论研究》两家分享了，我们无法染指。天津会议又通知各入选文章的作者不得将论文在外自行发表。这样，我们的选择余地便微乎其微了（天津会议的文章选用了三篇），因此，恳切希望各位编委，特别是杨先生（您是这方面公认的权威）能拨冗抽暇，费心为我们开拓一些稿源。听说您近日内将赴奥地利开比较文学会议，我们能否恳请您将参加这次会议的大作（论文，发言或赴会感想）或有关材料赐给我们？我们不胜感谢！

下月我们将赴东北等地组稿。下旬可抵京向各位编委汇报工作并面聆教诲。届时未知杨先生是否在京且有暇接见？

最后，感谢杨先生对我们工作的大力支持！

顺颂

大安！

谢天振

十·廿七

同月，发表短论《文学史上的误会》①。

12月，出席暨南大学中文系主办的"文学比较研究学术讨论会"，这是继 1983 年天津比较文学讨论会之后第二次较大规模的全国性比较文学讨论会。谢天振把这次会议称作他"个人早期比较文学生涯中浓重的一笔"，因为在这次会上他与中国比较文学界"南饶北乐"（饶芃子和乐黛云）两位"老太太"结下了终生的"忘年之交"，从

---

① 载《文学报》，1984 年 10 月 18 日。

而对他的比较文学之路"产生了深远的影响"。①

是年,《中国比较文学》创刊,由浙江文艺出版社出版,初为不定期丛刊,此即为后来《中国比较文学》季刊的前身。

1985 年　四十二岁

3月,与时任华东师范大学中文系教师的孔海立一起上门拜访时任上海市委宣传部部长的王元化和时任上海社会科学界联合会主席的罗竹风,宣传成立上海比较文学学会的必要性,取得两位关键人物的支持,于是年3月21日举行上海市比较文学研究会成立大会并宣告上海市比较文学研究会正式成立。创会会长为贾植芳教授,谢天振担任研究会秘书长,著名作家巴金对研究会的成立表示热烈祝贺,时任上海市委宣传部部长的王元化先生亲临成立会现场并讲话表示祝贺。

_____

① 谢天振:《代序:我与比较文学》,载谢天振:《比较文学与翻译研究》,上海:复旦大学出版社,2011 年版,第 2 页。

6月，与方晓光、鲁效阳、董翔晓合译兼全书定稿的《狄更斯传》由浙江文艺出版社出版。

7月，与廖鸿钧、黄成来、陆永昌合作编译的辞书《苏联文学词典》由江苏人民出版社推出。

同月，发表论文《苏联比较文学的历史、现状和特点》①。

8月，发表论文《赵译"牛奶路"及其他——顺致冷子兴先生》②。

同月，发表《比较文学家小传：韦勒克》（《中国比较文学》总第2期，1985年8月），署名"夏景"。

9月2日至7日，出席由香港中文大学主办的"中西叙事文体之探讨"国际比较文学学术研讨会，并在会上作了题为《形象与性格——〈战争与和平〉与〈三国演义〉比较研究》的发言。

这次会议对谢天振的比较文学学术生涯而言具有更为直接、更为深远的影响。一方面这是谢天振第一次在国际会议上亮相，香港比较文学界的学者对他的发言和

----

① 载《上海教育学院学报》，1985年第2期。
② 载《鲁迅研究月刊》，1985年第8期。

为人留下了具体深刻的印象，这是他得以于第二年赴香港中文大学比较文学研究中心做为期十个月的访问学者的一个重要原因。另一方面，这次会议期间他与贾植芳教授同住一室，每天同进同出，近距离接触加深了彼此的了解，从此他与贾先生结成了终生的忘年之交。他在接受宋炳辉教授访谈时曾说：

> 因为创办杂志的缘故，结识了贾植芳先生。这对我的学术生涯，是个关键的转折。1985年，我陪贾先生参加香港中文大学举办的国际比较文学会议，从此与贾先生结下不解之缘。经过贾先生，我又认识了章培恒先生、吴中杰先生，以及陈思和教授等。贾先生的人格魅力和学术视野，使我受到深深的感染，也调动了我潜在的积极性。贾先生一直倡导现代知识分子不仅要读书、教书，而且要写书、译书和编书。这对我都有很大的触动，它激发了我身上一些内在的东西。我对翻译有兴趣，"文革"后也翻译发表了一些短篇译作，之后又培养起自己的比

较文学的学科意识。在中国比较文学学科刚刚

兴起之时，我就注意在其中寻找自己的研究领

域和研究方向。很自然，我就把翻译研究列为

自己的主攻方向，于是我就开始从比较文学的

角度思考翻译问题。①

10月，出席于10月29日至11月2日在深圳大学举

办的中国比较文学学会成立大会暨首届学术讨论会。在

这次会上，《中国比较文学》被正式确立为学会会刊。在

大会结束后举行的冷餐会上，因香港比较文学家袁鹤翔

的介绍，还认识了翻译家巫宁坤教授。

12月，发表《文学作品中"梦"的模式》②。

同月，在提交香港中文大学主办的国际比较文学学

术研讨会的论文基础上改写而成的《形象与性格——曹

---

① 谢天振、宋炳辉：《从比较文学到翻译研究——关于译介学研究的对
话》，载《渤海大学学报(哲学社会科学版)》，2008年第2期。
② 载《文学报》，1985年12月26日。

操与拿破仑的形象塑造比较》》①一文发表。

同月,翻译苏联比较文学家聂乌波科耶娃的论文《对世界文学进行比较研究的原则》②。

同月 28 日,出席江苏省比较文学研究会成立大会并作大会主题报告。会后,应著名英美文学专家陈嘉邀请,与陈嘉教授进行了单独的学术交流。

同月,成为上海作家协会会员。

1986 年　四十三岁

2 月,发表《苏联比较文学:历史、现状和特点》(《中国比较文学》总第 3 期,1986 年),后被《中国比较文学年鉴(1986)》③转载。

---

① 载《社会科学》,1985 年第 12 期,后被中国人民大学快报资料中心《报刊资料选汇》"中国古代、近代文学研究"(1986 年第 1 期)全文转载,被《中国比较文学年鉴(1986)》摘载。
② 收入《比较文学译文选》,以及《上海师范大学学报》"比较文学"专辑,1985 年 12 月。
③ 杨周翰、乐黛云主编:《中国比较文学年鉴(1986)》,北京:北京大学出版社,1987 年版。

同月,发表译作《论巴金创作个性的形成》(《中国比较文学》总第 3 期,1986 年),署名"严生"。原作由苏联学者尼科利斯卡娅所作,选自《中国语文学问题论集》,莫斯科大学出版社 1971 年版,有所删节。

同月,发表《比较文学家小传:维谢洛夫斯基、日尔蒙斯基、赫拉普钦科》(《中国比较文学》总第 3 期,1986 年),署名"夏景"。

3 月,加入上海翻译家协会,成为上海译协首批会员。

同月,翻译发表的中篇小说《硫磺泉》收入俄国女作家娜杰日达·杜罗娃小说集《一个女骑兵的札记》,由浙江文艺出版社出版。

3 月至 12 月,应香港中文大学英文系比较文学研究中心主任李达三教授(Prof. John Deeney)邀请,赴香港中文大学英文系比较文学研究中心做访问学者。

对于谢天振的比较文学学术研究而言,赴香港中文大学做访问学者的这个机会其意义也非同寻常。上世纪八十年代中期,比较文学在中国大陆刚刚崛起不久,他曾这样写道:"其实,我的研究生专业是俄苏文学,走上比较文学的道路也是因缘凑巧。在此,我要特别感谢一个人,他就是我在'代序'里提到的美国友人李达三先生(Prof. John Deeney)。由于他的邀请,我在1986年作为香港中文大学英文系比较文学中心的访问学者在香港呆了10个月,从而有机会全面接触中外比较文学论著,为我打下了比较坚实的比较文学理论基础。"①

在香港中文大学做访问学者期间,谢天振还完成了罗马尼亚比较文学家迪马的《比较文学引论》一书的翻译。此书后由上海译文出版社出版。

5月4日至7日,组织并主持在无锡举办的"中西比较文学及比较文学方法论讨论会"并作大会主题发言。会议由上海市比较文学研究会与江苏省比较文学研究会联合举办。会议对近年来国内掀起的比较文学研究热潮作了客观分析。一方面,中国比较文学的发展已引起国际比较文学界的高度重视;另一方面,国内的比较文学研究也存在着一种简单化的倾向,不少论文局限于对两个人物、两个主题、两种手法或两种现象的比较,而缺少深层次的开掘。会议认为,学界不能满足于A比B或A加

① 谢天振:《比较文学与翻译研究·后记》,上海:复旦大学出版社,2011年版。

B,而应该在国别文学史研究成果的基础上,通过比较取得新的角度、新的观点。这是自 1985 年中国比较文学学会成立以来的第一次区域性比较文学研讨会。时任中国比较文学学会会长的杨周翰教授也出席了这次会议并作大会主题发言。

1987 年　四十四岁

1月,发表《上海比较文学研究概况》(《上海文化年鉴》1987 年)。

同月,发表《中西比较文学及比较文学方法论讨论会》(《上海文化年鉴》1987 年)。

同月,被聘为上海外国语大学副研究员。

2月 20 日,致书北京大学杨周翰,汇报《中国比较文学》杂志改刊工作进展。

2月 23 日,杨周翰复书,信如下:

天振:

二月廿日手书奉悉。《中国比较文学》的交

接工作，端赖廖先生和阁下以及上外诸同志鼎力承担，至深感谢。目前关键似乎在获得批准，仍需努力争取，务求能批准，即使稍迟，亦无妨也。

拙译雷马克的文章，请尽管使用。家里空间小，要找的东西往往找不到，雷君的原文不知放在何处，因此未能核对一遍，只能请你看看，如有明显错误，请改正。

前不久接到 Weisstein 在《雷马克纪念论文集》中发表的一篇文章，议论当前各种比较文学引论，并提出自己的原则。此文我想托两位研究生译一个摘要，先在北大通讯上发表，以后也可以刊在《中国比较文学》上。

《中国比较文学》第一期目录已看过，从题目看，有不少文章应是很有意思的。我个人觉得特别是译论外国人对中国文学的研究（如浦安迪、白之、世界各国学者谈《红楼梦》），可以扩大研究者的视野，尽管可以不同意人家的观点。

程麻同志的一篇文章，看题目应当很有意思的，旁边注了"待删"字样，是否因为内容不妥？我读《摩罗诗力说》，赵瑞蕻先生的注译本没有提到此文来源和所本。我想其中具体材料可能来自日本人的著作。程文所谓"明治文化"我想主要内容应是"西化"，鲁迅适逢其时，才接触到西方浪漫派诗歌。

我感到中国比较文学一方面要介绍西方经验，另一方面也应当总结一下我国的传统。廖鸿钧先生的《研究史》非常值得欢迎。总结自己的经验，可以有一个出发点，不至于跟在西方后面亦步亦趋。另外，刊物也应以东方比较为一特色。

拉杂书复。顺祝佳胜。

杨周翰

87.2.23

3月，1986年发表于《中国比较文学》总第3期的论文《苏联比较文学：历史、现状和特点》被《高校文科学报文摘》（1987年第3期）摘载。文章将苏联比较文学的发展追溯到19世纪70年代在彼得堡、莫斯科和基辅等著名大学开设的"总体文学史课程",当时形成了以维谢洛夫斯基为代表的俄罗斯文艺研究的"历史比较学派"。接着分析了苏联比较文学的三个发展阶段,并概括出近三十年苏联比较文学研究的特点:一,不承认比较文学为一门独立的学科,但理论研究相当扎实;二,反对欧洲中心论,重视对东方诸民族文学和东西方文学间的比较研究;三,并不坚持比较文学研究对象必须分属两个或两个以上的国家。此外也指出了俄罗斯文学研究中的大俄罗斯倾向,认为这些特点和经验"值得我们中国的比较文学研究者在探讨建立中国学派的问题时引以为鉴"。

5月4日,去北京大学见季羡林、杨周翰、乐黛云等教授,汇报《中国比较文学》办刊事宜。

6月,发表长篇论文《主题学》(载暨南大学主办的《比较文学研究》季刊,1987年第4期)。

7月,赴青岛出席由中国比较文学学会和山东比较文学学会主办的"全国中西比较文学师资培训班",主讲"主题学"、"文类学"两讲。

8月25日至29日,应邀参加在西安举办的中国比较文学学会第二届年会,发表关于"学科现状的反思"的报告《中国比较文学：危机与转机》①。

9月，参与编写的辞书《中西比较文学手册》出版（上海外国语学院外国语言文学研究所编，四川人民出版社，1987年版）。

10月，发表论文《中国比较文学：危机与转机》（《探索与争鸣》第5期）。文章从"危机"的意义上"探讨一下中国比较文学的突破口和它的前进方向"，强调提升比较文学研究的问题意识。文章分析国内"平行研究"方法中普遍存在"惊人的相似"—"深刻的差异"—"原因分析"的"三部曲"套路，并提出相应的对策，指出"文学关系"、"主题学"、"文类学"研究的重要与紧迫性。尤其针对"翻译和翻译文学"研究，提出"从比较文学的角度出发去研究翻译和翻译文学，我们目前首先可做的工作有二：（1）对翻译和翻译文学的本质、它们的媒介作用，翻译文学与民族文学的关系、它在民族文学中的地位，等等，做理论上的探讨。（2）对同一部外国文学著作在中国的翻译、介绍的历史研究，以及对同一部外国文学著作的不同译本的比较研究"。

---

① 参见肖明：《中国比较文学学会第二届年会暨学术讨论会综述》，《文学评论》，1987年第6期。

1988 年 四十五岁

1月，发表《比较文学研究概述》(《上海文化年鉴》1988 年)，概述 1987 年上海比较文学研究的三个突出成果：王智量主编的《比较文学 300 题》(上海文艺出版社)、廖鸿钧主编的《中西比较文学手册》(四川人民出版社)和方平的《三个从家庭出走的妇女——比较文学论文集》(外国文学出版社)。

同月，参与编写的辞书《世界文学家大辞典》出版(四川人民出版社，1988 年版)。

同月，发表《寻求新的起点——评台港比较文学研究》(《中国比较文学》1988 年第 1 期)。

3月 18 日，组织并主持上海市比较文学研究会年会筹备会，陈挺、夏写时、陈秋峰、李晓、王锦园、裘小龙等出席。

6月 12 日，第二届上海市比较文学研究会学术研讨会正式举行，谢天振负责并主持六个专题之一的"文学翻译与翻译文学"的讨论，提交论文《文类学的研究范围、对象、方法初探》。

7月，为乐黛云教授主编的国内首部比较文学教材《中西比较文学教程》(高等教育出版社，1988年版)撰写"主题学"、"文类学"两章，并与张文定合作完成该书附录的"比较文学参考书目"。

7月19日至22日，出席天津比较文学研讨会。乐黛云、汤一介、鲍昌教授等在会上发言。

同月，发表《文类学的研究范围、对象和方法初探》(《外国语》1988年第4期)，文章认为，中国比较文学界可以从文学的分类、文学体裁和文学风格三个方面展开研究。

9月，论文《中国比较文学：危机与转机》荣获上海市哲学社会科学学会联合会1986年至1987年度优秀学术成果奖。

为复旦大学中文系受国家教委委托举办的全国首届比较文学助教进修班讲授"比较文学概论"课程。此进修班为期一年，至第二年6月结束。

10月，翻译发表苏联著名文艺理论家、俄国形式主义代表人物、文本学苏联学派创始人之一托马舍夫斯基代表作《文学理论·诗学》中的一篇文章《戏剧类型》(《戏剧艺术》1988年第4期)。

同月,应邀参加第一届粤港闽比较文学讨论会,发表论文《论翻译在中国现代文学史上的地位》。

同月,被评为上海市哲学社会科学学会联合会优秀工作者。

12月,应邀参加香港中文大学主办的国际比较文学学术研讨会,提交论文《翻译文学史:挑战与前景》。因签证原因,谢天振未能及时出席会议,但其提交的论文在会上由人代为宣读后得到了与会者的高度评价。(后来从李达三教授提供给谢天振的会议录音中获悉。)

同月,发表《中国比较文学述评》(《中国百科年鉴》1988年)。

本年,发表《海派风格与海派追求》(《中国比较文学通讯》1988年第2期)。

本年,成为上海市社会科学界联合会委员。

1989 年　四十六岁

1月,发表《上海比较文学述评》(《上海文化年鉴》1989年)。

1月10日至18日，赴香港中文大学访问。李达三教授拿出上个月开会的录音给谢天振听，让他了解整个会议的情况，同时还让他听到台湾学者张汉良对他提交的关于翻译文学史的概念及编写理念的论文的高度评价。

4月5日，发表《文学史的时间与空间》（《比较文学报》1989年4月5日）。

同月，发表《中国比较文学：危机与转机》（《中国比较文学》1989年第1期，总第8期）

5月9日至11日，赴重庆出席在四川外语学院举行的中国比较文学学会一届四次理事会扩大会，同时出席四川省比较文学学会成立大会。

10月，发表《中国比较文学述评》（《中国百科年鉴》1989年）。

11月5日至6日，赴金华出席浙江省比较文学研究会成立大会暨全国比较文学学会常务理事会，并应邀给浙江师范大学全校师生作学术讲座。

同月，发表《为"弃儿"找归宿——翻译在文学史中的地位》（《上海文论》1989年第6期），作为陈思和、王晓明主持的"重写文学史"专栏文章。后被《报刊文摘》摘介该文观点。

1990 年　四十七岁

1 月,发表《比较文学研究》(《上海文化年鉴》1990 年)。

同月,发表《几个有待深入研究的课题》(《中国比较文学》1990 年第 1 期)。

3 月 26 日至 30 日,赴苏州大学出席全国比较文学学会第三届年会筹备委员会会议。

4 月,发表《翻译文学史:挑战与前景》(《中国比较文学》1990 年第 2 期)。

同月,发表《东欧比较文学研究述评》(《中国比较文学》1990 年第 2 期),署名"夏景"。

同月,发表译作《论类型学的相似》(《中国比较文学》1990 年第 2 期)。

同月,发表《中国文类学研究的可贵实践——读马悼荣〈田汉剧作浅探〉》(《理论与创作》1990 年第 2 期)。

5 月,作为副主编出版论文集《比较文学三百篇》(智量主编,上海文艺出版社)。

同月,参与编写的辞书《青年文学手册》(何满子、耿庸主编,上海辞书出版社)出版。

6月,发表《1989年中国比较文学研究一瞥》(《文艺报》1990年6月23日)。

7月25日至30日,与贾植芳、廖鸿钧教授等一起赴贵阳出席第三届全国比较文学学会年会暨国际学术研讨会,出任学会出版委员会主任,并负责主持其中的"文学与翻译"专场讨论。

8月下旬,应邀出任中国比较文学学会与《读书》编辑部联合举办的全国首届比较文学图书评奖评委并参与评奖工作。评奖部门为《读书》编辑部和中国比较文学学会。

9月,上海外国语学院外国语言文学研究所正式获教育部批准,设立比较文学硕士点,成为继复旦大学、北京大学(1981年)之后的第二批比较文学专业硕士点(同时获批的还有黑龙江大学),谢天振与廖鸿钧教授开始招收上外首届比较文学专业硕士研究生。

11月,发表《翻译文学——争取承认的文学》(《探索与争鸣》1990年第6期)。文章回顾翻译文学在中国文学史研究中的大起大落,提出"译作是一种具有独立文学价值的作品存在形式"，"翻译文学不是外国文学"，呼吁学界应该"承认翻译文学的独立地位"，认为"在二十世纪这个人们公认的翻译的世纪行将结束的今天，应该是我们对中国的文学翻译和翻译文学作出正确的评价并从理论上给予承认的时候了"。

同月，发表《什克洛夫斯基与俄国形式主义》(《上海文论》1990年第5期)，后被《人大复印资料》转载。同时翻译什克洛夫斯基的论文《作为手段的艺术》，发表于同一期《上海文论》。

同月，谢天振参与编写的教材《中西比较文学教程》(乐黛云主编)获1990年全国比较文学图书二等奖。

11月，发表《中国比较文学述评》(《中国百科年鉴》1990年)。

1991年　四十八岁

1月16日，上海外国语学院翻译研究会成立大会召开，上外常务副校长耿龙明担任会长，谢天振与英语系主任邱懋如教授、校外办主任陆楼法教授任副会长，德语系桂乾元副教授任秘书长。谢天振在成立大会上作关于"中国翻译文学"的专题发言。

3月1日至4日，应邀参加中山大学主办的"国际跨文化研究会第四届学术讨论会"，他的题为《误译：不同文化的误解与误释》的论文，引起国内外代表的浓厚兴趣和热烈反响。

同月，校译作品《当代国外文学理论流派》（卢丹怀译，上海外语教育出版社）出版。

5月至7月，参加国家公费出国留学预备人员培训（北外出国人员培训部）。

5月，参与编写的《比较文学史》出版（四川人民出版社），该书由曹顺庆主编，谢天振负责撰写该书第六章"俄苏、东欧文学"第二节"东欧文学概述"。

6月，谢天振与孙乃修合作主编的"外国文化名人传记丛书"之一《尼采传》由台北业强出版社出版。

7月，继《尼采传》，谢天振编著的《狄更斯传》由台北业强出版社出版。自此由谢、孙合作主编的这套丛书每年都会推出数种外国文化名人的传记。

8月10日，发表《1990年中国比较文学研究述评》

（《文艺报》8 月 10 日）。

8 月 22 日至 29 日，赴东京出席由日本东京大学承办的"第十三届国际比较文学协会年会"，并提交论文《论文学翻译的创造性叛逆》。

同月，译著《比较文学引论》出版（上海译文出版社）。

10 月 20 日，赴加拿大阿尔贝塔大学比较文学系做为期半年的高级访问学者（于翌年 4 月 21 日回国）。

10 月 29 日，拜会阿尔贝塔大学比较文学系主任、加拿大著名诗人布洛杰特（Edward Dickinson Blodgett）教授，沟通他的访学计划。

同月，发表《没有"比较"的比较文学》（《暨南学报（哲学社会科学版）》1991 年第 3 期）。

11 月 6 日，与阿尔贝塔大学比较文学系教授高辛勇见面，赠送自己翻译的《比较文学引论》和校译的《当代国外文学理论流派》两书，同时转达贾植芳教授致高教授的信。

11 月 8 日，拜会国际比较文学协会副会长、阿尔贝塔大学比较文学系教授迪米奇（Milan Velimir Dimic），请教加拿大比较文学研究的现状。

11 月 12 日,与布洛杰特教授见面,共同探讨翻译研究问题。

11 月 15 日,听乐黛云教授来阿尔贝塔大学比较文学系讲学"中西诗学中的镜子意象",并出席阿尔贝塔大学比较文学系为乐教授举行的欢迎晚宴。同座者有迪米奇夫妇、高辛勇、陈幼石、梁丽芳、谢慧娴(J. Jay)等。宴后赴梁府与梁丽芳商谈建立加拿大与《中国比较文学》的通讯合作事宜。

12 月 5 日,出席阿尔贝塔大学斯拉夫系有关陀斯妥耶夫斯基的小型研讨会。

1992 年 四十九岁

1 月 21 日,见布洛杰特教授,汇报访学计划的进展情况。

同月,发表《翻译文学——争取承认的文学》(《中国翻译》1992 年第 1 期),另载论文集《中国文化与世界》(上海外语教育出版社,1992 年)。

同月,发表《论文学翻译的创造性叛逆》(《外国语》

1992 年第 1 期）。文章引入法国文学社会学家埃斯卡皮（Robert Escarpit）的"翻译总是一种创造性的背叛"的观点，并从媒介者（译者）、接受者（读者和作为读者的译者）和接受环境三个方面对此观点作进一步的阐发，尤其对媒介者即译者的创造性叛逆给予分类论述。该文的观点后来构成其译介学理论的核心内容与理论基础。

2 月 4 日，与迪米奇教授见面，讨论翻译研究及举办相应国际会议的事宜。

2 月 27 日，与迪米奇、布洛杰特、高辛勇教授等共进工作午餐，迪米奇教授表示将就举行国际会议一事提出书面备忘录。

3 月 13 日，出席阿尔贝塔大学东亚系主办的中国旅加作家古华的报告会，结束后与古华等共进晚餐。

3 月 16 日，结束在阿尔贝塔大学比较文学系为期半年的高级访学，自加拿大卡尔加里（Calgory）赴美国洛杉矶出席 3 月 20 日至 22 日在加州大学伯克利分校举办的中国比较文学学会旅美分会第二届学术讨论会，并在 20 日作大会发言，题为《论文学翻译的创造性叛逆》。

3月18日,应邀在加州州立大学洛杉矶分校讲学,讲座结束后接受美国《世界日报》、《国际日报》记者采访,介绍中国当代文学。

3月19日,抵加州大学洛杉矶分校,晤乐黛云、曹顺庆教授等人,与曹顺庆以及旅美学人简小滨共进晚餐。

3月20日,下午参加中国比较文学学会旅美分会第二届学术讨论会并发言,当晚与乐黛云、欧阳桢、李欧梵等一起进行关于第二年8月举办中美比较文学对话会事宜的商谈。

3月21日,与乐黛云、李陀、黄子平、许子东、曹顺庆等进行关于以中文为工作语言的学术讨论会。

3月29日,乘车抵丹佛,与正在科罗拉多大学师从葛浩文教授攻读博士学位的孔海立、章小东夫妇聚会。当晚由他们引见拜会刘再复教授,刘再复对谢天振计划编写的《中国现代翻译文学史》很感兴趣,当即向谢约稿,拟将之编入其主编的"二十世纪中国"丛书。

4月2日,由丹佛乘车至匹兹堡,下榻谢天蔚、平茵白家。在之后十天时间里,还访问了纽约、华盛顿两地,并与好友董翔晓、包幼华夫妇聚会。

4月12日至13日,应刘康教授邀请自匹兹堡赴宾夕法尼亚州州立大学讲学,分别与宾州州大副校长及比较文学系主任晤谈,并与美国《比较文学研究》杂志主编会谈。刘康建议《中国比较文学》编委名单配英文,建立国际性的编委、编辑部班子,每年或每两年出一期英文"精华本",英文翻译可请海外协助。

4月14日,重返匹兹堡大学,应该校东亚系孙筑瑾教授邀请,出席15日晚匹兹堡大学东亚系主办的"中国民族性格对文学的影响"研讨会,并作主题演讲《西方的SF与中国的武侠小说比较》。聆听谢天振学术演讲的除李达三、孙筑瑾夫妇和谢天蔚、平茵白夫妇外,还有中国大陆旅美访问的科幻作家童恩正以及在美任教的中国台湾科幻作家张系国。

4月18日,谢天蔚驱车送谢天振至美加边境尼亚加拉大瀑布风景点,再由谢天蔚的朋友接谢天振至多伦多。谢天振在多伦多休息一晚后于20日上午自多伦多经温哥华飞返上海。

4月28日,台北业强出版社总编陈信元来沪,复旦大学陈思和教授约谢天振一起共商编辑出版"外国文化名人传记丛书"事宜。当天晚上在贾植芳先生府上共进晚餐。

同月,发表《论加拿大比较文学研究及其发展前景》(《中国比较文学》1992年第2期)。

同月,谢天振、孙乃修合作主编的"外国文化名人传记丛书"之一《莎士比亚传》(孙乃修编著)由台北业强出版社出版。

7月,谢天振、孙乃修合作主编的"外国文化名人传记丛书"之一《歌德传》(侯浚吉编著)由台北业强出版社出版。

8月9日至15日,赴呼和浩特出席中国加拿大研究会年会,并在会上作题为《论加拿大比较文学研究及其发展前景》的主题发言。

8月18日,去北京大学见汤一介、乐黛云夫妇,代表上海外国语学院转呈上外致汤、乐两位教授的特聘教授聘书。

11月24日,应邀与贾植芳夫妇、章培恒、夏仲翼教授一起,赴浙江金华参加"浙江师大比较文学研究中心成立暨首届学术讨论会”并为该校师生作学术讲座。①

12 月,谢天振、孙乃修合作主编的“外国文化名人传记丛书”之一《屠格涅夫传》(孙乃修编著)由台北业强出版社出版。

1993 年　五十岁

1 月,发表《翻译:作为比较文学的研究对象》(《中国比较文学》1993 年第 1 期)。

4 月,发表《中国比较文学:面对第二个十年》(《中国比较文学》1993 年第 2 期,署名“本刊编辑部”)。

6 月,论文《误译:不同文化的误解与误释》收入王宾和阿让·热·比松主编论文集《狮在华夏——文化双向认识的策略问题》(中山大学出版社,1993 年)。

7 月 14 日至 17 日,出席在湖南省张家界举办的中国比较文学学会第四届年会暨国际学术讨论会,发表《文学

---

① 参见秋敏、陈郁:《强化跨学科　跨时代研究——浙江师大比较文学研究中心成立暨首届学术讨论会侧记》,《浙江社会科学》,1993 年第 1 期。

翻译与文化意象的传递》。在会上当选为中国比较文学学会常务理事。会后应邀与时任长沙铁道学院外语学院院长的罗选民副教授商讨成立中国比较文学学会翻译研究会事宜。

12月，发表《中国比较文学的最新走向（上）》（《文艺研究》1993年第6期）。该文综述分析了1990年以来三年间中国比较文学研究状况。

同年，发表《从翻译的角度对中外文化谈一点想法》（《中国文化与世界》丛刊第一辑，1993年）。

同年，发表《中国比较文学的回顾与前瞻》（《中国比较文学通讯》1993年第4期）。

同年，作为第一主编的"外国文化名人传记丛书"之一《叔本华传》（袁志英编著）由台北业强出版社出版。

1994年　五十一岁

1月，发表《比较文学与翻译研究》（《外语与翻译》1994年第1期）。

同月，发表《比较文学研究综述》（《中国文学年鉴》

1994 年）。

同月，著名作家、翻译家、复旦大学教授贾植芳先生在为谢天振即将在台湾出版的《比较文学与翻译研究》一书所作的序中，认为谢天振的文章"不趋时，不媚俗，不尚空谈，有感而发，言之有物，每论必有自己的独到见解，且论之有据，广征博引，视野开阔，资料翔实"，并认为他最近十余年来的教学与科研活动一以贯之的一条主线是"引进、借鉴国外的比较文学理论与实践，分析、探讨中国比较文学研究的现状与问题，寻求、阐述中国比较文学的发展方向，探索中国比较文学的发展前途，开拓中国比较文学研究的新领域"。[①]

同月，在《中国比较文学》（第 1 期）发表专论《中国比较文学的最新走向》。文章在对三年来国内学术状况进行分析的基础上，概括了"对中西方文学比较研究中'移中就西'倾向的批判"、"对 X + Y 模式的批判"、"关于'比较文学消亡论'的争论"等三个理论热点，并从比较诗学、中外文学关系、海外华人文学与留学生文学、跨学科研

---

① 贾植芳：《〈比较文学与翻译研究〉序》，《书城》，1994 年第 8 期。

究、翻译研究、神话与民间文学研究、东方文学之间的比较研究、少数民族文学比较研究、文学的其他样式的比较研究和文学史研究等十个领域,对中国比较文学的未来发展趋势作出预测。

同月,发表《误译:不同文化的误解与误释》(《中国比较文学》1994 年第 1 期),署名"天振"。文章对中外文学翻译中普遍存在的"误译"现象进行分类论述,并对其文化交流的意义加以分析,认为"对从事翻译实践和一部分从事外语教学的人来说,误译是他们的大敌,他们孜孜以求,竭力想减少误译甚至消灭误译。但对比较文学研究者来说,如果撤除因不负责任的滥译而造成的翻译错误,那么误译倒是很有独特的研究价值的。因为在误译中特别鲜明、生动地反映了不同文化间的碰撞、扭曲与变形,反映了对外国文化的接受传播中的误解与误释"。

同月,发表《中国比较文学教学的新篇章——热烈祝贺北京大学设立比较文学博士点》(《中国比较文学》1994 年第 1 期),署名"夏景"。自 1994 年起,北京大学比较文学研究所获教育部批准,设立比较文学博士点,乐黛云教授成为国内第一个比较文学博士生导师。

同月,论文《中国比较文学的回顾与前瞻》被《高等学校文科学报文摘》(1994 年第 1 期)全文转载。

同月,被聘为上海外国语大学"中国文化与世界"学术论丛编委。

3 月,谢天振、孙乃修合作主编的"外国文化名人传记丛书"之《托尔斯泰传》(陈建华编著)、《白朗宁夫人传》(方平编著)由台北业强出版社出版。

4 月,发表《一本别开生面的比较文学教材——评〈中外比较文学〉》(《中国比较文学》1994 年第 2 期),评价朱维之主编、南开大学出版社出版的新作。

5 月,发表《翻译:文化意象的失落与歪曲》(《上海文化》1994 年第 3 期)。

6 月 7 日,被上海世界图书出版公司聘为上海世界图书出版公司特约高级编辑。

同月,论文《文学翻译与文化意象的传递》、在中国比较文学学会第四届年会暨国际学术讨论会上所作的工作报告《比较文学的后顾与前瞻——学术出版委员会工作报告》收入论文集《多元文化语境中的文学——中国比较文学学会第四届年会暨国际学术讨论会论文集》(湖南文艺出版社出版)。

7月,出版个人论文集《比较文学与翻译研究》(台北业强出版社),这是国内第一部以中外比较文学理论和文学翻译为主要研究对象的比较文学论文集。

8月13日至24日,应邀参加在加拿大阿尔贝塔大学举办的"第十四届国际比较文学协会年会",并在会上提交论文《寻找比较文学自身的理论》,国际比较文学协会会长佛克马等国际著名学者都到场听取谢天振的发言,同时与之展开非常热烈的对话。

9月,谢天振、孙乃修合作主编的"外国文化名人传记丛书"之《劳伦斯传》(冯季庆编著)、《乔治·桑传》(朱静编著)由台北业强出版社出版。

11月12日至16日,赴长沙出席中国比较文学学会翻译研究会成立大会暨首届学术讨论会,谢天振代表翻译研究会筹委会致开幕词。会上谢天振被推选为翻译研究会会长。

12月14日,组织并主持由上海比较文学研究会与上海外国语大学外国语言文学研究所联合召开的"比较文学的理论与实践"研讨会。在会上谢天振首先发言并指出:"在世界范围内边缘与中心转移调整的格局中,出现了许多新的理论热点,比较文学由于其开阔的眼光,对这些理论的研究有其优势,但这些理论并不能代替比较文学本身的理论。比较文学是否还是一个独立学科,是否有自己的理论,值得认真考虑。"①

同月,主编"轻轻松松学英语丛书"(五本)(世界图书出版公司,1994年)。

12月,主编的"世界文化名人传记丛书"之《深插底层的笔触——狄更斯传》(谢天振编著)、《城堡里迷惘的求索——卡夫卡传》(杨恒达编著)、《抑郁的心灵之光——叔本华传》(袁志英编著)、《贵族庄园中的不和谐声——屠格涅夫传》(孙乃修编著)、《执拗的爱美之心——川端康成传》(张国安编著)、《惊涛骇浪中的浪漫诗章——雨果传》(陆楼法、陆忆征编著)由上海世界图书出版公司出版。

是年,在上海外国语大学外国语言文学研究所招收比较文学与世界文学硕士生葛中俊。

---

① 刘献彪等:《新时期中国比较文学编年史稿(1978—2004)》,北京:中国档案出版社,2005年版,第224页。

1995 年　五十二岁

1月，谢天振负责筹办的《中国比较文学》杂志经过十余年的努力，终于取得正式刊号，交邮局发行。

同月，发表名家访谈《他没有大学文凭——访著名学者贾植芳教授》（《中文自修》1995 年第 1 期）。文中这样描述贾植芳："一个传奇性的老人在当今中国的学坛上，复旦大学中文系的贾植芳教授堪称是一个传奇性的人物了。他的传奇性不仅仅在于他曾坐过四个朝代的牢而至今健在，而更在于几十年的岁月尘埃、政治风雨不仅没有把这位清瘦矮小的老人摧垮，相反，在历经各种磨难之后，他闪现出更加耀眼的智慧的光芒：他是我国大陆最早招收比较文学研究生的导师，又是最早招收中国现代文学博士生的导师之一，他已经主持编写了好几套数百万字一部的大型中国现代文学辞书，出版了'小说集'、'散文集'、'序跋集'，他的长篇回忆录在《新文学史料》上连载，台湾还出版了描述他不寻常一生的长篇传记《贾植芳传》……"

2月,发表《从比较文学角度看重写俄苏文学史》（《俄罗斯文艺》1995年第1期）。文章指出:"苏联的解体使俄苏文学史的重新编写变成了一件已经迫在眉睫的事了,国内的俄苏文学界不妨立即行动起来,多方面、多形式地着手解决进行俄苏文学史重写工作,并且以此为契机,为国内俄苏文学教学与研究展现一个新的局面。"

4月30日至5月3日,出席由季羡林、汤一介、乐黛云、余秋雨、徐中玉等14位著名学者联合发起、上海外国语大学承办的第二届"中国文化与世界"国际学术研讨会。在会上谢天振就翻译文学的性质与归属以及翻译文学史的编写问题作大会主题发言。

同月,被聘为上海通俗文艺研究会理事。

5月,出版译作《普希金散文选》（百花文艺出版社,1995年）。该书一经出版,马上得到《文学报》、《新民晚报》（1996年8月21日）以及《文汇报》的专题报道。

5月19日,主持在复旦大学人文学院举办的上海市比较文学研究会第六届年会。与陈伯海、陈思和、夏中义、夏仲翼一起在会上就近年来中国古典文学、中国现当代文学、文学理论、外国文学研究和中外比较文学研究的情况和发展前景作专题发言。贾植芳会长，廖鸿钧、陈伯海、倪蕊琴、郑克鲁副会长出席该会议。

5月，发表《中国译学研究中的文艺学研究述评》（《高等学校文科学报文摘》1995年第3期）。

7月，在《书城》1995年第4期发表《翻译文学当然是中国文学的组成部分》一文，针对王树荣发表在《书城》杂志是年第2期上的《汉译外国文学作品是"中国文学"吗?》一文（王文对贾植芳、施蛰存教授强调翻译文学对于中国现代文学的意义，并以翻译文学为中国文学一部分的观点提出了批评），谢天振提出了反批评。而就在这一期《书城》（第4期）上，施志元发表了《汉译外国作品与中国文学——不敢苟同谢天振先生高见》。

同月，发表《建立中国译学研究的文艺学派》（《外国语》1995年第4期）。文章从回顾中国翻译史的特点出发，认为近代以来的文学翻译实践使得中国翻译文学学派的出现具备了历史和现实可能，并在现代文学和翻译研究中已有相当的成就，只是这种翻译主体意识的觉醒尚未成为学界的共识，翻译理论的语言学派仍处于主流地位。要拓展翻译研究的文艺学派，译者主体研究、翻译文学的地位研究等是很好的切入口。"总之,建立中国译学的文艺学派的前景是非常光明的,它的建立不仅将把我国的文学翻译研究带上一个新的层面,而且也将为我国的整个译学研究提供新的切入点。"

同月,通过上海外国语大学教师系列高级专业技术职务评审委员会评审,确认具备研究员(高校正高级职称)任职资格。

8月,发表《赵译"牛奶路"及其他》(《鲁迅研究月刊》1995年第8期)。文章回应了冷子兴刊登在同刊第3期上的题为《"无可厚非"的"牛奶路"》一文对谢天振《翻译:作为比较文学研究的对象》中对鲁迅当年批评赵景深译 the Milky Way 为"牛奶路"的分析,坚持从文化意象传递角度,肯定赵译的合理性一面。

9月,在意大利《比较文学评论》年刊(*I Quaderni Di Gaia - Rivista di letteratura comparata* 9/1995)发表《中国比较文学的最新走向》,另收入意大利《比较与比较主义》论文集(意大利 Sovera 出版社)。

同月,黑龙江大学的卢康华教授读完《比较文学与翻译研究》(台湾版)后,认为谢天振的"发言和一些观点绝非无的放矢,而是切中时弊,振聋发聩,为维护比较文学这门新兴学科的学术尊严,引导它以后健康地发展起了不可磨灭的作用"①。

同月,论文《翻译文学——争取承认的文学》获上海外国语大学第三届科研成果奖论文类一等奖。

10月9日,赴北京出席北京大学主办的"文化对话与文化误读"国际学术研讨会。国家教委主任朱开轩,北大校长吴树青,北京图书馆馆长任继愈,国际比较文学协会会长吉列斯比、副会长芳贺徹、前会长佛克玛,北大乐黛云、孟华、王宁等教授均出席这次会议。

10月25日至28日,出席在烟台大学举办的"中国比较文学教学研究会成立大会暨首届教学教材国际学术研讨会",作大会主题报告《关于中国比较文学教学教材的几个思考》。并在会上被推举为中国比较文学学会教学研究会副会长。

11月2日,被聘为复旦大学兼任教授,担任比较文学与世界文学博士生导师。

---

① 卢康华:《一步一个脚印——谢天振〈比较文学与翻译研究〉评介》,《中国比较文学》,1995年第2期。

12月,担纲主编的"世界文化名人传记丛书"出版了罗素、歌德二本传记(世界图书出版公司,1995年)。

同月,谢天振、孙乃修合作主编的"外国文化名人传记丛书"之《斯汤达传》(许光华编著)由台北业强出版社出版。

是年,作为第一主编出版"外国文化名人传记丛书"之《普希金传》、《司汤达传》、《福克纳》三本(台北业强出版社,1995年)。

是年,在上外招收比较文学与世界文学硕士研究生林谷。

1996年 五十三岁

1月10日,被聘为上海外国语大学社会科学研究院副院长。

同月,发表《世纪之交的比较文学:to be or not to be》(《中外文化与文论》创刊号,四川大学出版社)。

3月,获颁国务院特殊专家津贴证书。

同月,被上海外语教育出版社聘为特约编审。

4月1日,在《上海教育报》组织的专版"话说高雅文化的'回潮'"上,发表《帮助人们理解欣赏高雅文化》。

4月23日至28日,出席由江苏省比较文学学会、南京大学比较文学与比较文化研究所同欧洲跨文化研究院、法国人类进步基金会合作举办的"文化:中西对话中的差异与共存"国际学术研讨会。

同月,主编的"世界文化名人传记丛书"之《寻觅良知的沉重步履——托尔斯泰传》(陈建华编著)由世界图书出版公司出版。

5月,发表《文学翻译:一种跨文化的创造性叛逆》(《上海文化》1996年第3期),另载论文集《比较文学新开拓》(曹顺庆主编,重庆大学出版社,1996年7月),并被《高等学校文科学报文摘》(1996年第6期)摘介。

5月23日,被聘为暨南大学兼职教授。

同月,论文《建立中国译学研究的文艺学派》(原载《外国语》1995年第4期)被《中国文化与世界(第四辑)》(耿龙明、何寅编,1996年)转载。

6月,谢天振、孙乃修合作主编的"外国文化名人传记丛书"之《海明威传》(杨仁敬编著)、《爱伦坡传》(周启超编著)由台北业强出版社出版。

7月,发表《从比较文学到比较文化——对当代国际比较文学研究趋势的思考》(《中国比较文学》1996年第3期),被《新华文摘》同年第9期作为重点文章全文转载。

7月19日,《新民晚报》转载《文学报》关于谢天振编选、翻译的国内首本《普希金散文选》问世的报道。报道称,《普希金散文选》"从十大卷俄文普希金全集精选出散文35篇,断想录44条,分为'断想录'、'人物漫记'、'文学散记'、'游记'四辑,基本反映了普希金散文创作的全貌"。

8月1日至4日,赴长春出席在东北师范大学举办的中国比较文学学会第五届年会暨国际学术研讨会,在会上倡导重视和推进对翻译问题的研究,"翻译研究是比较文学的基础领域,随着文化对话与文化误读理论的兴起,翻译研究在比较文学中的地位不断上升。近年来国内翻译界展开的激烈讨论极大地促进了翻译理论与实践的发展。这次由上海外国语大学的谢天振教授召集并主持的翻译研究小组就中国翻译理论的发展、建设及译者与原作者的关系问题进行了深入研究"①。在会上谢天振被推举为中国比较文学学会副会长兼出版委员会主任，并正式出任《中国比较文学》主编。

9月9日，《上海教育报》发表对谢天振的专访文章《中国比较文学：面对国际的大争论——谢天振教授访谈录》。在访谈中谢天振指出，1993年美国比较文学学会发表的一份题为《跨世纪的比较文学》的报告在国际学术界引起了热烈的反响甚至激烈的争论。他认为，首先，目前这场争论实际上是对比较文学学科的又一次定位，这场讨论必将使比较文学得到又一次的重大发展。其次，他觉得比较文学应该向跨学科、跨文化的研究方向发展，这是由比较文学学科的本身特点决定的。但是，跨学科、跨文化的研究不能冲垮或淹没比较文学作为一门文学研究学科的性质。

9月16日至26日，应邀访问香港中文大学中国文化研究院《译丛》(*Rendition*)编辑部，与编辑部负责人孔慧怡教授和卜立德教授(David E. Pollard)会谈。

---

① 王柏华：《中国比较文学学会第五届年会暨国际学术讨论会综述》，《文艺研究》，1996年第6期。

同月,所主编的"世界文化名人传记丛书"推出《情爱与母爱的交融:乔治·桑传》(朱静著,世界图书出版公司,1996年)。

9月30日至10月15日,应多伦多大学邀请赴加拿大做学术访问。其间,于10月2日至6日,出席由多伦多大学维多利亚学院主办的"Translation and Globalization:Interdisciplinary Approaches"(翻译与全球化:跨学科的诸路径)国际学术研讨会,并作为特邀嘉宾在会上就中国翻译理论的历史与现状作《中国译学理论研究》的大会主题报告。会后与北京大学丁尔苏教授同去美国访问,其间还与在费城斯沃斯莫尔学院任教的孔海立教授会面。

同月,发表《一位香港比较文学家的思考——袁鹤翔谈"中国学派"及其他》(《中国比较文学》1996年第4期),署名"夏景"。文章通过转述香港比较文学家袁鹤翔对比较文学"中国学派"的主张及学术风气的批评,给国内比较文学学术界的某种急躁倾向给予冷静的提醒。

同月,谢天振、孙乃修合作主编的"外国文化名人传记丛书"之《杜思妥也夫斯基传》(陈建华编著)、《杰克·

伦敦传》(虞建华编著)由台北业强出版社出版。

11月25日,自上海经北京飞俄罗斯,并开始在莫斯科大学亚非学院做为期半年的高级访问学者。后因觉得俄罗斯图书馆的服务不尽如人意,影响学术研究,于第二年3月11日提前结束在俄罗斯的访学回国。

12月,发表《文学翻译不可能有定本——兼与罗新璋先生商榷》(《中华读书报》1996年12月4日)。

同月,获得1995年度上外教育奖励基金紫江教学科研一等奖。

是年,在上外招收比较文学与世界文学硕士研究生查明建、张春莉。

1997年　五十四岁

1月,发表《启迪与冲击——论翻译研究的最新进展与比较文学的学科困惑》(《中国比较文学》1997年第1期)。文章从英国比较文学家苏珊·巴斯奈特关于"翻译研究却断然宣称它是一门独立学科"和呼吁"重新审视比较文学与翻译研究之间的关系"的论述出发,从译介学角度展望比较文学由此出现的新的前景和可能,同时批评巴斯奈特混淆了作为一门独立学科的翻译研究和作为比较文学研究分支的翻译研究之间的界限。"翻译研究与比较文学之间的关系就必然是:作为一种研究,它们会形成一种犬牙交错的、'你中有我、我中有你'的局面,而作为两门各自独立的学科,它们可以相辅相成,各自为对方提供无比丰富的研究素材和无比广阔的研究领域。"

同月,发表《面对西方比较文学界的大争论》(《社会科学战线》1997年第1期),被人大复印资料《外国文学》(1997年第4期)全文转载。文章概述了1990年代以来西方比较文学界对学科走向的激烈争论,对美国比较文学学会1993年发布的《跨世纪的比较文学》的学科报告给予分析,指出《报告》提出的两条建议(摒弃欧洲中心主义、比较文学应向比较文化发展)的积极意义的同时,分析其以理论替代文学研究、以文化替代文学研究的偏颇之处,并从中国比较文学发展的实际出发,呼吁从学科新一轮发展的角度积极看待这场争论,在扩展比较文学研究领域的同时,重视对自身学科理论的探索。

同月,谢天振、孙乃修合作主编的"外国文化名人传记丛书"之一《左拉传》(傅先俊编著)由台北业强出版社出版。

3月11日,提前结束在莫斯科大学亚非学院的高级访问学者项目回国。

4月,发表《重视比较文学的学科理论研究》(《中外文化与文论3》,四川大学出版社,1997年)。

同月,谢天振、孙乃修合作主编的"外国文化名人传记丛书"之《纪德传》(朱静编著)由台北业强出版社出版。

同月,被上海外语教育出版社续聘为特邀编审。

5月,出席上海市比较文学研究会理事会并被推选为上海市比较文学研究会会长。

6月19日,应邀出席上海教育电视台专题栏目"你我书人"的"名著翻译探微"访谈节目,与著名翻译家罗新璋、郭宏安、许钧教授一起,从《红与黑》已出版十余种翻译本的现象入手,谈文学翻译的重译与滥译。

6月25日,在《中华读书报》上发表散文《莫斯科购书记》。

7月,出版教材《比较文学》(与陈惇、孙景尧合作主编,高等教育出版社,1997年),并撰写第二编第二章"主题学"和第三章"译介学"。该教材于同年 12 月被批准为国家级重点教材。

8 月,发表译文《赫鲁晓夫的子女》(《中华读书报》1997 年 8 月 13 日)。

9 月 11 日,论文《从比较文学到比较文化——对当代国际比较文学研究趋势的思考》获上海外国语大学第四届(1997 年)科研成果二等奖。

9 月 16 日,应香港浸会大学语言中心卢丹怀教授邀请,赴港三个月,合作撰写《中港应用文写作》。

同月,获上海市教育委员会、上海市教育发展基金会和中国教育工会上海市委员会共同颁发的"1997 年上海市育才奖"。

10 月,发表《前苏联及东欧诸国的文学翻译研究及其理论》(《中国比较文学》1997 年第 4 期)。文章指出,除"现实主义翻译理论"外,在一般翻译理论的研究方面,苏联翻译学派还有如下特点:其一,明确地把他们的研究与语言学派的研究区别开来,强调文艺翻译研究的独特性;其二,苏联翻译学派在构筑他们的翻译理论时较为依赖哲学上的认识论,特别是列宁的反映论;其三,苏联学派明确把他们的翻译研究列入文艺学研究的范畴，这对我国的翻译研究具有参考价值。

11月，发表《帕斯捷尔纳克与诺贝尔文学奖》（《天涯》1997年第6期），文章叙述了1958年帕斯捷尔纳克获诺贝尔文学奖之后在苏联的遭遇及其内心的痛苦挣扎和坚守。

同月，发表《维特：从"少年"到"青年"——〈少年维特之烦恼〉译名小议》（《中华读书报》1997年11月19日）。

是年，在上外招收比较文学与世界文学硕士研究生耿纪永、徐菊、周乐诗。

1998年　五十五岁

1月，谢天振、孙乃修合作主编的"外国文化名人传记丛书"之一《雪莱传》（杨正润编著）由台北业强出版社出版。

2月，与王涵合作发表《主持人的话》（《中国比较文学》1998年第1期）。文中提及在《中国比较文学》杂志开设"广域文化论坛"的栏目,"这是建有姐妹学校关系的上海外国语大学与日本北陆大学的国际学术交流合作项目之一,目的是通过专栏的设置,倡导和探索广域文化研究,并通过这项研究密切两校以及两校与其他高等学校和科研机构的学术交流和学术合作。专栏由日本北陆大学教授、中国国家教委全国高校古委会特聘教授王涵和上海外国语大学教授、《中国比较文学》主编谢天振共同主持"。文章概述了广域文化研究在日本的开展,分析了其与比较文学的跨文化、跨学科研究之间的关系和区别。

同月,论文《文学翻译:一种跨文化的创造性叛逆》被收入"当代人文学者散文集"《另外一种散文》(上海教育出版社,1998 年)。

3 月 3 日至 5 日,组织并主持召开以"面向二十一世纪的翻译教学和翻译研究"为主题的上外翻译理论与翻译教学国际学术研讨会暨国际口笔译教学第四届年会,还在会上宣读了论文《作者本意与文本本意》。这次会议是 1949 年以来国内翻译教学界规模最大、规格最高的一次国际翻译学术研讨会。20 多个国家和地区的 40 余名境外、海外翻译研究和翻译教学方面的专家学者出席会议，与40余名来自中国内地20多所高校和科研出版机构的专家共同探讨处于世纪之交的翻译研究的最新发展趋向。赫曼斯（Theo Hermans）、乔瑟琳（Joscelyn）等国际著名译学专家在会上作了主题发言。中国译协常务副会长林戊荪专程来沪祝贺，并在会上作了题为《面向二十一世纪的中国翻译界》的主题报告。会议的具体议题涉及翻译教学与翻译研究的历史与传统、翻译的跨文化研究、翻译教学和翻译研究的最新发展、翻译教学课程的设置、翻译标准、翻译术语、大众传媒翻译等当时国际译学界最主要的论题。

同月，发表《1997年中国比较文学评述》（《高校文科学报文摘》1998年第3期）。

4月，发表《中国翻译文学史：实践与理论》（《中国比较文学》1998年第2期），被人大复印资料全文转载。作者从对《翻译史话》、《中国翻译文学简史》、《中国翻译文学史稿》的介绍出发，提出若是我们想要在编写中国翻译文学史的实践上取得更大进展，必须在翻译文学的认识问题、翻译文学的归属问题、翻译文学史的性质问题上展开深入的理论探讨。他明确指出，翻译文学史实际上是一部文学交流史、文学影响史、文学接受史，我们必须对这些问题进行深入的研究，取得比较深刻的认识，才有可能写出一部严格意义上的中国翻译文学史。

同月，被上海外语教育出版社续聘为特邀编审。

5月1日至4日，出席在黄山举行的中国比较文学学会翻译研究会第二届年会暨文化与翻译学术研讨会。谢天振作为会长致开幕词，并作题为《翻译研究的最新发展趋势——关于翻译研究的文艺学派》的主题发言。他指出："中国译学研究的传统源远流长。但是……直至19世纪末20世纪初中国文学翻译的大发展，揭开了现代中国文学翻译的历史，才使中国的翻译研究染上了浓厚的文艺学色彩。"[①]他进一步指出，"中国翻译界的现状决定了中国的文学翻译理论首先应该从鼓吹文字翻译的主体意识也即文学翻译的相对独立性入手"，"确立了文学翻译的主体意识以后，我们对文学翻译的研究就不再停留在一般的关于语言转换的研究上了，而进入了文学研究

---

① 参见谢天振：《建立中国译学研究的文艺学派》，载谢天振：《比较文学与翻译研究》，上海：复旦大学出版社，2011年版，第174—184页。

的层面,也即把翻译当作文学研究的对象来研究了"。他最后强调指出:"建立中国译学的文艺学派的前景是非常光明的,它的建立不仅将把我国的文学翻译研究带上一个新的层面,而且也将为我国的整个译学研究提供新的切入点。"①

同月,作为副主编出版《翻译论丛》(上海外语教育出版社,1998 年),该书收入谢天振本人的两篇论文《建立中国译学研究的文艺学派》和《文学翻译:文化意象的失落与歪曲》。

8 月,广东外语外贸大学穆雷教授撰写专文《厚积薄发、筚路蓝缕——评介谢天振教授的比较文学翻译研究》,介绍谢天振在翻译研究领域的特殊贡献(载《语言与翻译》1998 年第 3 期)

9 月 22 日至 10 月 5 日,与上外副校长吴友富、上外社科院副院长何寅、上外外事处长陆楼法一起访问日本金泽经济大学、北陆大学、京都外国语大学、东京法政大

---

① 参见谢天振:《建立中国译学研究的文艺学派》,载谢天振:《比较文学与翻译研究》,上海:复旦大学出版社,2011 年版,第 174—184 页。

学、庆应大学,进行学术交流。

同月,从这个学期起,为上外全校研究生开设并主持"欧美文学史专题研究系列"讲座。这个讲座由谢天振教授出面组织全校有关教师共同开设,由不同专长的教师选择自己最擅长的课题轮流执教。自此,每个学年开设的这个讲座也成为了上外研究生课程中的品牌课程,选课者甚众。

12月21日,出席暨南大学主办的全国文艺学及相关学科学位点建设研讨会并发言。

是年,在上外社会科学研究院招收比较文学与世界文学硕士研究生唐立新、张曼。

1999 年　五十六岁

1月4日,见上外副校长谭晶华、党委副书记张伊兴,请示并商谈就建立上外翻译学院一事召开专家咨询会一事。

1月13日,召集并主持关于建立上外翻译学院的专家咨询会。

1月29日，与贾植芳教授一起出席上海市通俗文艺研究会新春庆典会。

2月5日，出席上海市新闻出版局召集的报刊杂志主编会议。

同月，出版《译介学》(上海外语教育出版社，1999年)。贾植芳教授在为此书所作的序言(序一)中说道：

"在我的印象中，国内像《译介学》这样，既有理论高度，又有大量丰富的实例，把翻译作为文学和文化研究的对象进行分析、评述，从而得出与文学史的编写、中外文化的交流等有直接关系的重大结论的著作，恐怕还没有过。《译介学》的研究，不仅在国内处于学术的前沿，即使在国际学界，也同样处于当前学术发展的前沿。《译介学》的出版，解开了从比较文学和比较文化角度研究翻译的新层面，开拓了国内翻译研究的新领域。"①

著名翻译家方平教授在序言(序二)中这样评价：

"天振先生是一位思维活跃、治学勤奋、多年致力于比较文学研究、取得很多成就的学者，又是一位有心

---

① 谢天振：《译介学》，上海外语教育出版社，1999年，第4页。

人……当他熟练地运用所掌握的比较文学的研究方法，把一部翻译文学史看成了跨文化的文学交流史、文学关系史、文学影响史而加以深入研讨时，翻译文学本身的性质和价值就在这宽广的文学背景中清晰地显示出来了。这部'译介学'为我们提供了一个全新的视角。""我们看到了带来一系列新信息的'译介学'在翻译理论的建设上有它不可替代的价值。"①

3月11日，在浙江嘉善西塘镇出席上外与日本法政大学来访代表团关于中日英语教学及跨文化研讨会。

4月7日至9日，主持召集俄罗斯文学史编写学术研讨会，北京大学任光宣教授、北京外国语大学张建华教授、南京大学余一中教授、华东师范大学徐振亚教授等出席。

同月，被上海外语教育出版社继续聘为特邀编审。

5月26日，参加复旦大学中文系博士生论文答辩（候选人为张新颖、段怀清）。

5月30日，赴广州暨南大学参加饶芃子教授指导的

---

① 谢天振：《译介学》，上海外语教育出版社，1999年，第11页。

博士生论文答辩。

同月,作家、翻译家方平先生发表文章《翻译文学:争取承认的文学——喜读谢天振〈译介学〉》,认为该书"在翻译理论研究上有开拓性意义"并"带来了国际'翻译学'上许多新信息"①。

6月1日,与花城出版社社长肖建国、总编罗国林共进午餐,商讨编辑"当代名家小说译丛"事宜。

6月13日,参加复旦大学外文系夏仲翼教授指导的博士生汪洪章的论文答辩。

同月,被上海市教育委员会聘为上海市高等学校教师高级职务任职资格评审委员会中文学科评议组成员。

7月30日,与陈思和教授一起接待旅法学者张宁博士,商谈接待著名法国哲学家德里达来中国讲学事宜。贾植芳教授也在座。

8月11日,台港翻译家、香港浸会大学范文美教授来沪,一起商谈出版"国外翻译论集"事宜。

8月15日至18日,赴成都出席中国比较文学学会第

---

① 方平:《翻译文学:争取承认的文学——喜读谢天振〈译介学〉》,《中国比较文学》,1999年第2期。

六届年会暨国际学术研讨会,主持"文化层面上的翻译"专题组讨论,并作大会发言《解释学理论与翻译研究》,又与美国比较文学家雷马克共同主持一场大会发言。

同月,主编出版"外国文学名著导读丛书",包括《艰难的前程——狄更斯作品导读》(周乐诗、夏景编著)、《变形的城堡——卡夫卡作品导读》(杨恒达、陈戎女、范方俊编著)、《诡奇的初恋——屠格涅夫作品导读》(孙乃修编著)、《雪国中的水月——川端康成作品导读》(张国安编著)和《圣母院的钟声——雨果作品导读》(陆楼法、刘敖明、张彤编著)共5本,世界图书出版公司1999年版。

9月6日,时任中国外文局局长林戊荪来访,与林商谈成立版权公司、翻译学院等事宜。

10月16日至30日,与上外副校长吴友富一起出访美国洛杉矶、旧金山、纽约等地高校,商谈校际合作事宜。其间,访问了加州州立大学洛杉矶分校,会见了该校自然与人文科学院副院长戴夫教授和该校政治学学位点负责人斯蒂芬·马教授,与该校签订了《关于建立与发展上海外国语大学与美国加州州立大学之间的合作交流关系的备忘录》;访问了加州州立大学长滩分校并会见了全美中文教学教师协会理事谢天蔚博士,签订了《关于建立与发展上海外国语大学与全美中文教学教师协会之间的合作交流关系的备忘录》;访问马里兰大学,会见马里兰大学中国委员会主席、教务长国际交流特别助理、美国对外关系史教授张曙光博士,并签订了《关于建立与发展上海外国语大学与美国马里兰大学之间的合作交流关系的备忘录》。

同月,论文《从比较文学到比较文化——对当代国际比较文学研究趋势的思考》收入《上海五十年文学批评丛书·理论卷》(徐俊西主编,华东师范大学出版社,1999 年)。

11 月 1 日晚,出席由时任外文局局长林戊荪主持的中国译协翻译理论和翻译教学委员会会议。香港岭南大学孙艺风、广东外语外贸大学穆雷教授等与会。

同月,被聘为复旦大学比较文学专业兼职博士生导师。

12 月 18 日至 19 日,应邀赴南京出席江苏省比较文学学会第五届年会暨学术研讨会,代表上海市比较文学研究会致贺词并作大会主题发言。

是年,参加上海市欧美同学会 1999 年中法青年学者合作交流会,并作题为《理雅阁与中国文化在西方的传播》的发言,收入《1999年中法青年学者合作交流会论文集》。

是年,在上外招收比较文学与世界文学硕士研究生胡加圣、华汀汀。

2000 年　五十七岁

1月12日,出席在华东师范大学举办的"20世纪中国文学的世界性因素"讨论会并发言。会议由上海外国语大学比较文学研究所所长宋炳辉主持。

同月,朱徽发表书评《具开拓意义的翻译文学研究新著——评谢天振著〈译介学〉》,认为谢天振的新著《译介学》是近年来我国翻译研究和比较文学领域内一项具有开拓意义的新成果。① 香港学者陈德鸿、张南峰认为《译介学》是国内第一部把翻译作为人类文化交际行为而放在文化层面上予以研究的理论专著,提出了一系列引人注目的、富于创新意义的学术观点,在国内学界引起很大

① 朱徽:《具开拓意义的翻译文学研究新著——评谢天振著〈译介学〉》,《中国翻译》,2000年第1期。

的"震撼"。①查明建发表了《比较学者的学术视野与学术个性——谢天振教授的比较文学学科意识及其译介学研究》，阐述谢天振在比较文学和译介学两个领域所取得成就的联系和区别。②

同月，发表《重申文学性——对新世纪中国比较文学研究的思考》(《中国比较文学》2000年第1期)。针对"中国比较文学工作者该如何看待当前西方比较文学界的泛文化研究趋势？新世纪中国比较文学该如何发展?"的问题，文章提出"文学性，比较文学的生命线"的观点，"本来，跨学科研究的提出，是为了开拓比较文学的研究空间，扩展比较文学工作者的学术视野，以使我们对我们的研究对象——文学——可以作更加全面、更加深入的分析。但是，假如我们忘记了自己的出发点，而让比较文学成了社会学家、历史学家、政治家乃至经济学家们研究的素材，那么尽管这种研究仍有其价值，但它就不再是比较

---

① 陈德鸿、张南峰：《西方翻译理论精选》，香港：香港城市大学出版社，2000年版，第185—186页。
② 查明建：《比较学者的学术视野与学术个性——谢天振教授的比较文学学科意识及其译介学研究》，《中国比较文学》，2000年第1期。

文学的研究了"。

2月22日,应香港浸会大学英文系翻译教授范文美邀请,赴浸会大学做为期三个月的高级访问学者,并合作西方翻译理论发展史研究项目。该项目后以两万多字的长篇论文《西方翻译理论的三大突破与两大转向》结项。

2月24日,在《文学报》的"上海青年评论家巡礼"栏目发表《敏于思考和勤于写作:宋炳辉印象》一文,评价和推荐青年批评家宋炳辉的研究和写作。

2月26日,香港岭南大学翻译系张南峰教授到谢天振在香港的居所看望谢天振,谢天振向张南峰推荐查明建到香港岭南大学师从他攻读翻译学博士学位。

3月8日,与香港天地图书出版公司总编孙立川先生见面并共进午餐。

3月15日,被聘为北京大学比较文学与比较文化研究所兼职教授。

3月28日,应约与香港浸会大学翻译系周兆祥教授见面。

3月29日,应约与香港岭南大学翻译系主任、香港著名翻译家黄国彬教授见面,黄教授与谢天振共进午餐。

3月30日,由上外英语学院史志康教授安排,与美国《读者文摘》(中文版)总编陈龙根先生见面并共进午餐。

　　同月,参与湖北教育出版社对外编辑室主任唐瑾召集的翻译笔谈,笔谈内容以《翻译七人谈》为题发表在《出版广角》2000年第2期。谢天振以"重视人才培养"为题,指出翻译人才的断层现象,呼吁教育、出版和翻译界重视对年轻翻译人才的培养,尤其提出"要尽快在有条件的学校建立翻译系或翻译学院,以便有计划地培养高质量的翻译人才"。

　　同月,论文《解释学理论与翻译研究》被《迈向比较文学新阶段:中国比较文学学会第六届年会暨学术研讨会论文选》(曹顺庆主编,四川人民出版社,2000年)收录并出版。

　　同月,推出由其主编的丛书"当代名家小说译丛",首批五本,包括由其本人翻译的获得俄罗斯国家奖的长篇小说《南美洲方式》(谢尔盖·扎雷金著,花城出版社,2000年)。

　　同月,发表《简评〈南美洲方式〉》(附梗概)(《文汇读书周报》2000 年 3 月 4 日）。

4 月 3 日，赴香港城市大学讲演"翻译文学的性质及其归属"，张隆溪、谭载喜、朱纯深、鄢秀等出席。

4 月 4 日，应约赴《亚洲周刊》编辑章海凌家，与其一家人共进晚餐。章是 1980 年代初华东师范大学中文系俄苏文学专业倪蕊琴教授的研究生，与谢天振是挚友。

4 月 27 日，与香港城市大学中文双语翻译系潘海华、朱纯深、鄢秀教授见面并共进晚餐。

5 月 7 日，在香港岭南大学中文系任教的许子东教授开车接谢天振夫妇去他元朗家中，谢天振夫妇与许子东、陈燕华夫妇共进午餐。

同月，发表《作者本意和本文本意——解释学理论与翻译研究》（《外国语》2000 年第 3 期）。文章认为，现代解释学理论家围绕作者"本意"的争论为当代翻译研究提供了一个审视传统翻译观念的崭新"视域"，并从该理论关于作者"本意"、文本的确定性和可复制性等问题的论述，探讨其对当代翻译研究，尤其是有关翻译的可译性和不可译性等问题的启示。

6 月，发表《理雅各与中国文化在西方的传播》（《上海盟讯》2000年6月30日）。

同月，《作者本意和本文本意》、《文化意象的翻译》两篇论文收入范文美主编的论文集《翻译再思——可译与不可译之间》，该书由台北书林出版有限公司出版。

8月10日，自上海经香港飞南非约翰内斯堡，出席本月13日至19日在南非比勒陀利亚南非大学举办的国际比较文学协会第十六届年会，作了题为《扭曲的世界——论中国大陆"文革"时期的文学翻译》的主旨发言。谢天振的发言引起相当热烈的反响，巴西、韩国代表均对谢天振有关"文革"期间中国大陆翻译文学性质的观点表示了强烈的共鸣。在这次会上谢天振被任命为国际比较文学协会翻译委员会委员，成为该委员会唯一一位来自中国的委员。在17日发言之后，谢天振还与日韩委员商谈加强东亚翻译研究的合作事宜。

8月21日，离开南非约翰内斯堡经香港返沪。

9月11日，出席中国社会科学院文研所、外文所合作的比较文学中心成立会，并被聘为该研究中心顾问。

同月，被聘为北京大学比较文学研究所兼职教授。

同月，发表《"五四"与中国翻译文学史的分期——对一种分期法的质疑》(王晓路等编,《中外文化与文论》总第 7 期,四川教育出版社,2000 年)。

10 月 9 日至 11 日,出席在上外举行的中国比较文学学会翻译研究会第三届年会。

10 月 29 日,出席上海作家协会主办的"中国现代文学与翻译"研讨会并发言,谈翻译文学在中国现代文学中的地位。

同月,与查明建(第二作者)合作发表《深入开掘和充分利用比较文学的思想资源》(《中国比较文学》2000 年第 4 期)。

11 月 23 日,应邀出席由北京大学比较文学研究所所长严绍璗教授主持的与国际比较文学协会会长川本皓嗣的恳谈会。在发言时指出,我们中国人对西方的了解要远远超过西方人对我们中国人,也包括对东方人的了解,因此,如何有效促进双方的沟通,应该引起我们比较文学学者的重视。

12 月,主编论文集《翻译的理论建构与文化透视》(上海外语教育出版社,2000 年)并撰写前言,该文集收入谢天振自撰论文《作者本意和本文本意——解释学理论与翻译研究》。

本月,与查明建合作发表长篇论文《从政治的需求到文学的追求——略论20世纪中国文化语境中的小说翻译》(香港《翻译季刊》2001年第十八、十九期合刊)。

是年,在复旦大学中文系招收复旦大学首届比较文学与世界文学专业博士生杨国良、田全金。

在上外招收比较文学与世界文学硕士研究生张白桦、朱瑞党、柯亚。

2001年　五十八岁

1月3日至6日,出席广州暨南大学文艺学博士点学科建设研讨会,并就"文艺学与比较文学两学科之间的关系"发言。

同月,发表《研究生教学:期待比较文学系列教材》(《中国比较文学》2001年第1期),对我国比较文学研究生教材体系的构成提出了设想和建议。

同月,论文《西方:不仅仅是语言学派》被收入论文集《外语与文化研究》(吴友富主编,上海外语教育出版社,2001年)。

同月,应邀担任中国人民大学书报资料中心《外国文学研究》学术委员。

同月,被聘为《中国翻译》编委。

3月下旬,在上外接待美国蒙特莱翻译学院院长一行。

4月,出席在北京大学举行的"'多元之美'比较文学国际学术研讨会",提交论文《论当代西方翻译研究的三大突破》。

本月,赴青岛出席由中国海洋大学主办的"全国译学学科建设专题讨论会",并作题为《国内翻译界在翻译研究和翻译理论认识上的误区》的大会主题发言,引起热烈的反响。

5月,辽宁社科院院长彭定安教授出版专著《鲁迅学导论》,作者以相当大的篇幅论述了《译介学》为鲁迅研究展现的新的研究层面,表明谢天振的《译介学》开始对国内文学、翻译等相关学科产生积极的影响。

同月,散文《一波三折的大学生活》收入《我的大学时代》（徐中玉等著，福建教育出版社，2001年）。

7月，在《中国翻译》2001年第4期发表论文《国内翻译界在翻译研究和翻译理论认识上的误区》，指出"我国翻译界在对翻译研究和翻译理论的认识上存在着三个误区，一是把对'怎么译'的探讨理解为翻译研究的全部；二是对翻译理论的实用主义态度，只看到理论的指导作用，却看不到理论的认识作用；三是片面强调翻译理论或翻译研究的'中国特色'、'自成体系'，忽视了中外翻译理论的共通性"，呼吁尽快走出这几个误区，促进翻译研究的健康发展，使人们充分认识到翻译和翻译研究的价值与意义。

同期发表了《〈文学翻译的理论与实践——翻译对话录〉五人谈》（谢天振、穆雷、郭建中、申丹、谭载喜）。在对话中，谢天振肯定了许钧教授所著《对话录》对翻译研究的意义。

8月至9月，以"夏景"署名主编"黑旋风译丛"（《死神旗下》、《浴血宝藏》、《神秘失踪》、《滴血玫瑰》、《柯南道尔和杀人魔王杰克》）五本出版（学林出版社，2001年）。

10月，发表《论文学的世界性因素和影响研究——关于"20世纪中国文学的世界性因素"命题及相关讨论》

（《中国比较文学》2001 年第 4 期）。本文是《中国比较文学》自 2000 年第 1 期起开设的"20 世纪中国文学的世界性因素"专栏的总结性述评，"充分肯定了陈思和教授关于'20 世纪中国文学的世界性因素'的命题对长期来我国中外文学关系研究中的一种主流观念提出的质疑，认为他的质疑为我们更加全面、确切地把握中西文学的关系，深入开展中外文学关系研究提供了新的思路。作者还高度评价了由此命题引发的持续两年的热烈讨论，认为这一讨论对于我们进一步厘清比较文学研究中的一些基本概念，深入思考比较文学的学科目标和方法论，均有相当积极的意义。最后，作者还对在当前新形势下影响研究的意义和作用进行了探讨"。

12 月 5 日至 10 日，参加香港翻译学会国际学术会，提交论文《国内翻译界在翻译研究和翻译理论认识上的误区》。

是年，在复旦大学中文系招收比较文学与世界文学博士研究生王云、姚京明、丁欣。

在上外招收比较文学与世界文学硕士研究生许济涛、陆志国、费书东、唐姿。

2002 年 五十九岁

1月,主编的《21世纪中国文学大系·2001年中国最佳翻译文学》出版(春风文艺出版社,2002年),并撰写前言《2001年翻译文学一瞥》。这是其编选的新世纪年度翻译文学系列的开始,这一计划坚持了十一年。"翻译文学卷"的编选原则为:第一,选材以年度发表在国内各公开出版发行刊物上的外国文学译作为主,兼及在此期间有较大影响的单行本译作。第二,体裁以中短篇小说、诗歌、散文、剧作为主。第三,选择标准为,首先考虑它对中国文学的借鉴意义,如在主题、创作手法、流派、风格等方面与中国本土创作文学相比有一定的独特性,或是与中国文学或文化有较为密切的关系;其次考虑它在译介外国文学方面的意义,如有助于中国读者了解外国文学的最新发展动向等;同时兼顾译作的可读性。

3月21日,离沪经东京飞洛杉矶,访问加州州立大学洛杉矶分校谈合作办MPA学位点一事、访加州州大长滩分校谈合作培养国内派遣访美学生事宜。马国泉来机场迎接。当晚与马国泉、谢天蔚两家共进晚餐。

3月25日,谢天蔚驱车送谢天振去旧金山访问蒙特雷翻译学院,先与鲍川运教授见面,后与该校副校长以及MPA专业负责人摩根教授共进午餐并商谈上外翻译专业与该校合作事宜。

3月26日,由谢天蔚陪同参观尼克松图书馆。当晚,受行前贾植芳教授委托给旅美作家戴舫打电话,通报贾先生近期消息。

3月29日,自美回国。

同月,发表题为《树立译学理论意识　培养独立科研能力》(《中国翻译》2002年第2期)的笔谈,对翻译专业方向研究生教学提出建议。

同月,《2001年翻译文学一瞥》发表(《当代作家评论》2002年第2期)。

同月,查明建发表短文《授人以渔:拓展翻译研究的学术空间——简谈谢天振教授的研究生教学、培养》,介绍谢天振教授对研究生的教学、培养理念以及导师魅力。①

---

① 查明建:《授人以渔:拓展翻译研究的学术空间——简谈谢天振教授的研究生教学、培养》,《中国翻译》,2002年第2期。

4月8日,韩国女作家、翻译家朴明爱来谈译介中国当代文学事宜。

4月22日,韩国女作家、翻译家朴明爱再度来访洽谈并共进午餐。

4月26日,北京大学孟华教授、刘东教授访问《中国比较文学》编辑部,并与编辑部全体编辑共进午餐。

同月,论文《国内翻译界在翻译研究和翻译理论认识上的误区》被收入论文集《译学新探》(杨自俭主编,青岛出版社,2002年)。

同月,发表《译介学的理论意义和实践价值》(冯宪光、毛迅、徐新建编,《中外文化与文论9》,四川教育出版社,2002年)并撰写"主持人语"。

5月14日至15日,出席南京大学举办的翻译学研讨会并作主题发言。14日中午与南京大学著名俄苏文学学者、翻译家余一中叙谈。

5月16日,向上外校学科领导小组会议汇报翻译研究所的筹备工作进程。

6月10日,韩国女作家、翻译家朴明爱来访。

6月16日,出席上海市比较文学研究会年会。

同月，发表《如何看待中西译论研究的差距——兼谈学术争鸣的学风和文风》（《学术界》2002 年第 3 期）。文章就署名"齐雨"、"赵立"的《中国译论研究和译学建设真的比西方严重落后吗？》一文"不顾事实地吹捧一个学者的著作①，把中外译界统统贬斥为'混乱和盲目'"的观点提出批评，指出应从实际出发对研究现状和评价对象作出客观的评价，同时提醒"应该正视国内外译学界的有关进展，抓紧时间研究，建设发展我们自己的译学理论的译学事业"。

　　6 月 24 日，接待旅美比较文学家、杜克大学教授刘康并商谈美国西方马克思主义理论家詹明信（Fredric Jameson）访沪事。

　　同月，主编（署名"夏景"）的"黑旋风译丛"之《震惊世界的三百起海难》、《7 个和 37 个世界奇观》两本出版（学林出版社，2002 年）。

　　8 月 4 日，以《中国比较文学》编辑部名义设午餐招待张隆溪教授全家，另专邀贾植芳教授同席。

---

① 指彭卓吾著《翻译理论与实践》（北京图书馆出版社，1998 年）和《翻译学——一门新兴科学的创立》（北京图书馆出版社，2000 年）。

8月15日至18日,赴南京出席中国比较文学学会第七届年会。主持"文学翻译与文化阐释"专题的讨论。"作为比较文学研究一个重要分支的译介学,也成为学者们探讨的重要话题。译介过程中的主体性问题、意识形态与翻译模式的关系问题,以及对传统翻译观的再认识问题尤为引人注目。"①"南京大学教授许钧和上海外国语大学教授、《中国比较文学》主编谢天振教授都充分肯定了翻译及译者在重新诠释文本过程中的创造性作用……谢天振则以开阔的视野,畅谈了译者以及译者背后的诸多因素对翻译的制约作用。他指出,传统的翻译研究以原文、原作者为旨归,然而,翻译研究终究不仅仅是译文与原文的比照研究。作为人类社会生活最重要的文化交际行为之一,翻译还涉及译者所处的时代背景、文化语境,以及译者本人的语言能力与知识储备等诸多因素。他呼吁翻译研究要跳出文本的框框,充分重视译者

① 参见夏丽华:《中国比较文学学会第七届年会暨国际学术研讨会在南京举行》,《外国文学研究》,2002年第4期。

的贡献,阐释译者何以如此行为的原因。"①在这次年会上,谢天振连任中国比较文学学会副会长兼出版委员会主任。

9月12日,与教育部高教一司司长蒋妙瑞先生共进晚餐,同时汇报翻译研究所筹办进程。

9月19日至22日,赴西安为西安外国语学院、西北大学外国语学院分别讲学。

9月26日至28日,出席由北京大学比较文学与比较文化研究所主办的首届"北大—复旦比较文学学术论坛"。

同月,发表《译者的诞生与原作者的"死亡"》论文摘要(《中华读书报》2002年9月18日)。

同月,发表《人名翻译要谨慎》(《文汇读书周报》2002年9月25日)。

10月17日,主持召开上海市比较文学研究会理事扩大会,讨论出席将在香港举办的国际比较文学年会的

---

① 参见杨莉馨:《世纪之初:跨文化语境中的比较文学——中国比较文学学会第七届年会暨国际学术研讨会综述》。

代表人选和论文。

10 月 24 日,下午与四川外语学院研究生座谈"比较文学与翻译研究",晚上为全校师生作题为"学术研究的无用之用"的学术讲座。

10 月 26 日,与四川外语学院蓝仁哲校长、廖七一教授等讨论川外的学位点建设。

同月,发表《译者的诞生与原作者的"死亡"》(《中国比较文学》2002 年第 4 期)。

11 月 22 日至 23 日,在上海外国语大学组织并主持"中国译学观念现代化高层学术论坛",作题为《论译学观念的现代化》的大会主题报告。除翻译界学者王宏志、廖七一、穆雷等参加会议外,著名翻译家草婴、夏仲翼、方平,文学学者王晓平,哲学家俞吾金,历史学家邹振环等也都出席会议并参与讨论。

11 月 29 日至 12 月 12 日,应香港中文大学翻译系主任王宏志教授邀请,赴香港作为期两周的学术访问。

12 月 4 日晚,在香港浸会大学讲学,谈翻译文化的特征,张佩瑶教授主持,谭载喜教授等出席。

12 月 5 日,为香港中文大学翻译系讲学,谈当代西方翻译理论的最新发展趋势。结束后由陈善伟教授陪同参观香港中文大学翻译系的同声传译电子设备。

12月7日，由香港岭南大学翻译系主任陈德鸿教授陪同出席香港翻译学会午餐会，与香港翻译研究界同行叙谈。

12月28日，获得2002年度上海市教育发展基金会申银万国奖教金二等奖。

12月31日，接待韩国女作家、翻译家朴明爱。

是年，在复旦大学中文系招收比较文学与世界文学博士研究生卢玉玲、李小均、徐来。

在上外招收比较文学与世界文学硕士研究生张建青。

2003 年　六十岁

1月，《译介学》中关于"文学翻译的创造性叛逆"、关于翻译的"主体性"问题等观点逐渐引起学界的高度重视。是年第1期《中国翻译》杂志开头几篇论文接过"主体性"和"创造性叛逆"的观点展开论述。①

　　同月,与高翻学院院长柴明颎,英语学院正副院长史志康、梅德明同赴法国巴黎高级翻译学院、瑞士日内瓦大学翻译学院及联合国日内瓦会议总部翻译司考察,为建立上外高级翻译学院做准备。

　　3月,被聘为北京大学跨文化研究中心第一届学术委员会委员。

　　4月10日至13日,应邀赴澳门出席澳门笔会会长、澳门大学李观鼎教授著作《澳门文学批评史》新书发布会。同行者还有贾植芳教授及女儿贾英。澳门著名诗人、澳门大学葡萄牙语专家姚京明博士热情接待。

　　同月,发表《强强联手,规范比较文学的学科建设》(《中国比较文学》2003年第2期)。这是谢天振在首届"北大—复旦比较文学学术论坛"上的发言。

　　同月,主编出版《21世纪中国文学大系·2002年翻

_____

① 许钧:《"创造性叛逆"和翻译主体性的确立》,《中国翻译》,2003年第1期;穆雷、诗怡:《翻译主体的"发现"与研究——兼评中国翻译家研究》,《中国翻译》,2003年第1期;查明建、田雨:《论译者主体性——从译者文化地位的边缘化谈起》,《中国翻译》,2003年第1期。

译文学》(春风文艺出版社,2003年)。

同月,不再担任上海外国语大学社会科学研究院常务副院长职务,出任上海外国语大学高级翻译学院翻译研究所所长。

7月24日,被上海紧缺人才培训工程联席会议办公室聘为上海紧缺人才培训工程"会议商务口译考核"项目专家组成员。

同月,发表《教材编写与学术创新——兼与王向远教授商榷》(《中国比较文学》2003年第3期,署名"夏景")。

同月,发表《2002年中国翻译文学一瞥》(《译林》2003年第4期)。

同月,出版专著《翻译研究新视野》(青岛出版社,2003年)。

同月,发表《多元系统理论:翻译研究领域的新拓展》(《外国语》2003年第4期)。文章"对多元系统理论的基本观点进行了详细的阐述,并用丰富的例证证明了多元系统理论在翻译研究中的有效性,最后指出多元系统理论把翻译研究引上了文化研究的道路,为翻译研究开拓了一个相当广阔的研究领域"。

同月,出席在武汉举办的全国翻译教学与研究学术研讨会并作大会主题发言。

8月,发表《Living History 怎么译?》(《文汇读书周报》2003年8月1日)。

同月,论文《译者的诞生与原作者的"死亡"》被收入上海市作家协会编选的《上海作家作品双年选2001—2002(外国文学卷)》(上海文艺出版社,2003年)。

9月19日,发表《翻译家的有限风光——对〈翻译家的无限风光〉一文的不同意见》(《文汇读书周报》2003年9月19日,署名"夏景")。

9月25日至26日,出席由复旦大学中文系主办的第二届"北大—复旦比较文学学术论坛"。26日下午,与会学者还一起前往上海外国语大学高级翻译学院参观并进行总结性讨论。

同月,发表《当代西方翻译研究的三大突破和两大转向》(《四川外语学院学报》2003年第5期)。文章对20世纪下半叶以来的当代西方翻译理论进行了全面的梳理,指出翻译研究先后经历了两次大的转向,即语言学转向和文化转向,具体表现在翻译研究实现了三大根本性的突破：首先，翻译研究开始从一般层面上的语言间的对等研究深入到了对翻译行为本身的深层探究。其次，翻译研究不再局限于对翻译文本本身的研究，而是把目光投射到了译作的生产和消费过程。最后，翻译研究不再把翻译看成是简单的技术层面上的两种语言间的转换，而是把翻译放到一个宏大的文化语境中去审视、考察。

10月12日至15日，赴宁夏出席由中国比较文学教学会主办、西北第二民族学院承办的中国比较文学教学研究会第二届年会并作大会主题发言《近年比较文学的热点与争论》，强调翻译在现今比较文学研究和教学中的重要性。

10月18日，出席重庆市翻译学会年会并作大会主题报告《论译学观念现代化》。

10月29日，被四川大学文学与新闻学院聘请为兼职教授。

10月31日，被乐山师范学院聘请为该校外语系兼职教授、翻译研究所名誉所长。

同月，被四川外语学院（现四川外国语大学）聘请为客座教授，并为四川外语学院翻译专业研究生开设译介学专题系列讲座,共 11 讲。

同月,为西南师范大学文学院,重庆师范大学文学院、外语学院,四川大学文学与新闻学院、外语学院讲学。

同月,与朱立元合作发表《关于文艺学与比较诗学的对话》(《中国比较文学》2003 年第 4 期),对文艺学与比较诗学(比较文学)这两个学科的分割及其内在关联,以及当下发展所共同关注的课题提出建议。

同月,发表《利哈乔夫与〈解读俄罗斯〉》(《文汇读书周报》2003 年 10 月 24 日)。

11 月 1 日,论文《翻译、翻译家、翻译文学》荣获华东地区第七届翻译研讨会优秀论文奖。

11 月 21 日,谢天振专著《译介学》获上海外国语大学第七届科研成果奖(著作类)三等奖。

12 月,应邀出席日本东京大学比较文化中心主办的国际翻译研究会并作大会主旨发言《论文学翻译中的创造性叛逆》。在这次会上谢天振认识了美国著名的东欧、俄罗斯和德国文学翻译家,美国加州大学洛杉矶分校教授迈克尔·海姆(Michael Heim)并结为朋友。2012 年迈克尔不幸因病去世,谢天振在回忆文章《翻译即生命》一文中曾写道：

"我初识海姆教授是在 2003 年。那年 12 月我应东京大学已故教授大泽吉博先生的邀请，参加由大泽吉博先生主持的一个国际翻译研讨会。那是一个非常小型的研讨会，总共才十几个代表，主要是东京大学等日本本土的学者，国外学者就邀请了 4 名，一名美国的，一名韩国的，两名中国的（我和清华大学的罗选民教授）。那位美国代表即是海姆教授。"①

同月，赴广州出席由《中国翻译》及广州外事翻译学会主办的全国翻译理论与外事翻译高级论坛并作主题发言。

12 月 22 日，为暨南大学外国语学院第二届科研会议作主题报告《翻译研究的最新走向》。

同月，论文《比较文学与翻译研究》被收入论文集《阐释与解构：翻译研究文集》（罗选民、屠国元主编，安徽文艺出版社，2003 年）。

---

① 谢天振：《翻译即生命——悼念美国翻译家迈克尔·海姆教授》，《东方翻译》，2012 年第 6 期。

是年,在复旦大学中文系招收比较文学与世界文学博士研究生任一鸣、何绍斌、刘小刚。

在上外招收比较文学与世界文学硕士研究生崔峰。

2004 年　六十一岁

1月,发表《论译学观念现代化》(《中国翻译》2004年第1期)。

这篇文章凝聚了作者对国内译学界所存在问题的深刻思考,并以宏大的历史背景反思国内译界问题的根源。文章首次从宏观上把人类的翻译发展史划分为三大阶段,即最初的口语交往阶段、中间漫长的"文字翻译阶段",以及自20世纪五十年代以来的"文化翻译阶段"。"三阶段划分"揭示了人类翻译的实质性变化:通过对第二阶段(文字翻译阶段)翻译对象(宗教典籍、文学名著、社科经典)的分析,揭示了"忠实于原文的翻译观"形成的原因;通过对第三阶段(文化翻译阶段)翻译对象的扩大化、商品经济的加入等因素的分析,指出翻译的对象变了,译者与翻译对象的关系也发生了变化,译者开始把翻译的交际功能及其实际效果放置于重要位置，"可口可乐"这样的翻译也就应运而生。"文化翻译阶段说"较好地解决了"尽管没有忠于原文但仍然被人们视作好翻译"的矛盾。最后，文章首次明确提出国内译学界的观念要与时俱进，实现译学观念的现代化，并具体指出了译学观念现代化的三方面内容，即正确处理翻译理论与实践之间的关系，建立一支专门的翻译理论家队伍，具有开阔的学术视野。

同月，发表《正视矛盾　保证学科的健康发展》(《中国比较文学》2004 年第 1 期)。

2 月，主编出版翻译文学年度文选《21 世纪中国文学大系·2003 年翻译文学》(春风文艺出版社，2004 年)。

3 月 26 日至 28 日，主持在上海外国语大学、上海师范大学举办的"首届中国比较文学高层论坛"并发言。

3 月 28 日，出席在上外召开的中国比较文学学会常务理事会。

4 月 22 日至 24 日，主持在深圳大学召开的全国首届翻译学博士生论坛并作大会主题发言《学位论文写作三意识》。

同月，发表《第二届"北大—复旦比较文学学术论坛"推荐书目·比较文学概论和译介学导论》(《中国比较文学》2004年第2期)。

5月18日，出席在香港浸会大学举办的翻译教学与研究教师、专家学术沙龙并作报告《翻译文化与翻译文化时代》。

5月21日至24日，主持在四川大学举办的"全国首届翻译学学科理论建设研讨会"。会议由四川大学外国语学院、乐山师范学院外语系、中国译协翻译理论与教学委员会、《中国翻译》编辑部和上海外国语大学高级翻译学院联合主办。谢天振作主题发言，认为翻译学科的建立时机已经成熟，21世纪将是翻译学发展与繁荣的世纪，我们正在亲历和参与翻译学科的建设发展历史，学科地位的确立只是译学发展征途上的一个新起点，要建立科学系统的翻译学，还有许多课题亟待研究。

同月，发表《学科发展的历史必然》(《中国翻译》2004年第3期)。

同月，论文《译者的诞生与原作者的"死亡"》被收入论文集《跨文化语境中的比较文学》(汪介之、唐建清主编,译林出版社,2004年)。

同月,应香港浸会大学邀请参加该校翻译学专业博士生论文答辩,这是香港首次邀请大陆学者参加该校的翻译学博士论文答辩。

8月,论文《文化转向:当代翻译研究领域的新拓展》被收入《跨文化对话15》(乐黛云等主编,上海文化出版社,2004年出版)。

同月,发表为《叶芝》(连摩尔、伯蓝著,刘蕴芳译,百家出版社,2004年)一书撰写的前言性质的《推荐导读》。文章对该书作出评价的同时,简要介绍了叶芝在中国的译介历史。

8月8日至15日,出席在香港理工大学举办的"第17届国际比较文学协会年会",主持两场题为"China's Re-encounter with the West: The Cross-Fertilization of Research Models for Translation"("中国与西方的再相遇:翻译研究模型的互生互孕")的翻译专题组讨论并发言。

9月25日至27日,参加在天津外国语学院举办的"中外比较文学与比较文化国际研讨会"并作大会主题发言《当代西方翻译研究的三大突破和两大转向》。

同月，与查明建共同主编的《中国现代翻译文学史》出版(上海外语教育出版社，2004年)。

同月，伍小龙和王东风发表书评《新的思考角度 新的研究视野——评谢天振教授的新作〈翻译研究新视野〉》，认为该书"以翻译研究的学科理论为坐标系，纵的方面古今映衬，横的方面中外比照，从而有效地吸收了西方译论研究的理论精华，摆脱了传统观念的束缚，为我们提供了新的思考角度和新的研究视野，对于我们从事翻译研究是有很大启发意义的"①。

10月15日，出席在上海天益宾馆举办的"庆祝贾植芳先生九十华诞学术交流会"，会议由复旦大学中文系、复旦大学古代文学研究中心、苏州大学中文系、上海市比较文学研究会和上海通俗文学研究会联合举办，谢天振代表上海市比较文学研究会致辞祝贺。

10月17日至20日，在武汉大学主持由国务院学位委员会办公室和教育部学位管理与研究生教育司主办的

---

① 伍小龙、王东风：《新的思考角度 新的研究视野——评谢天振教授的新作〈翻译研究新视野〉》，《外国语》，2004年第5期。

"首届外国语言文学全国博士生论坛",并作为特邀嘉宾以《外国语言文学学位论文：用什么语言写作?》为题发言。谢天振主张用母语撰写博士学位论文,因为用外语撰写不利于最大限度地体现和考察论文作者的学术水平。而且,从某种层面说,用什么语言撰写还关系到国家的主权问题,因为世界上只有很少几个前殖民地国家或地区才会允许或规定用外语撰写博士学位论文。这篇发言后来整理成文发表在 2005 年第 5 期《中国外语》上,在国内外语界产生较大影响。

10 月 25 日至 26 日,出席在北京大学举办的第三届"北大—复旦比较文学学术论坛"并发言。

10 月 29 日,出席在清华大学召开的"第四届亚洲翻译家论坛",主持一个专题组讨论并发言。

同月,被聘为上海交通大学外国语学院翻译与词典学研究中心学术委员会委员。

11 月 20 日,主持上海翻译家协会"翻译主体性研讨会"并发言。

11 月 28 日至 12 月 5 日,应邀到台湾东吴大学、台湾师范大学、世新大学和辅仁大学讲学。接待人有著名台港比较文学家李达三、孙筑瑾教授夫妇,袁鹤翔教授和词典学家曾泰元教授。为欢迎谢天振教授到东吴大学讲学,李达三教授事先还专门组织研究生班把谢教授在台湾出版的著作《比较文学与翻译研究》浓缩后翻译成英文,装订成册作为礼品赠送给谢天振。讲学期间谢天振专门去参观了国学大师钱穆教授当年在东吴大学的故居。

同月,赴北京出席中国译协第五届理事会,当选为中国译协理事,出任中国译协翻译理论和翻译教学委员会副主任。

同月,发表《"西学派"还是"共性派"? ——兼与〈20世纪中国翻译思想史〉作者商榷》(《文汇读书周报》2004年11月26日)。

12月11日,在上海大学主持上海市比较文学研究会第八届年会暨学术研讨会并作大会发言,介绍复旦—北大比较文学对话的情况。出席这次会议的还有孙景尧、陈伯海、瞿世镜、王晓明、宋炳辉等人。

12月17日至19日,与北京外国语大学合作发起在北京举办全国外语院系比较文学学科建设研讨会(外语教学与研究出版社承办），并作题为《比较文学：姓"中"也姓"外"》的发言。

是年，在复旦大学中文系招收比较文学与世界文学博士研究生江帆、刘霁。

在上外招收比较文学与世界文学硕士研究生冯舒奕。

2005 年　六十二岁

1 月 6 日，出席在华东师范大学举办的"上海市比较文学博士生论坛"并讲话。

同月，发表《比较文学：理论、界限和研究方法》（《中国比较文学》2005 年第 1 期）。针对国内学术界在比较文学学科界限认识上的混乱，呼吁树立严谨的比较文学学科理论意识，区分一般文学研究中体现的宽泛的比较文学精神与严格的学科意义上的比较文学研究之间的差异，划清比较文学专业与非比较文学专业之间的学科界限，以促进比较文学学科的健康发展。此外还对如何进行比较文学专业研究生方法论的训练作了具体的探讨。

同月,与李小均合著出版《傅雷——那远逝的雷火灵魂》(文津出版社,2005 年)。

同月,主编出版《21 世纪中国文学大系·2004 年翻译文学》(春风文艺出版社,2005 年)。

2 月 3 日,应邀与《文景》杂志主编杨丽华见面,筹划在《文景》开设"海上译谭"专栏。

3 月 7 日至 9 日,出席由北京大学比较文学与比较文化研究所主办的"北大—耶鲁两校对话会"。

3 月 9 日,为北京大学外语学院世界文学研究所讲学,题为"译介学与比较文学理论建设"。

3 月 10 日,为北京大学比较文学与比较文化研究所讲学。

3 月 22 日,发表《不要忽视译者的存在》(《文汇读书周报》2005 年 3 月 22 日)。

同月,发表《2004 年中国翻译文学一瞥》(《文景》2005 年第 3 期)。

4 月,发表笔谈文章《比较文学:既姓"中",也姓"外"》(《中国比较文学》2005 年第 2 期)。

同月,发表《学位论文写作指导与学术规范训练》

《中国比较文学》2005年第2期）。该文是在第三届"北大—复旦比较文学学术论坛"上的发言。

同月，发表《无奈的失落——〈迷失在东京〉片名的误译与误释》（"海上译谭"之一，《文景》2005年第4期）。

5月，发表《谁来向世界译介中国文学和中国文化?》（"海上译谭"之二，《文景》2005年第5期）。

6月21日，被广东外语外贸大学聘为客座教授。

同月，论文《廖鸿钧与中国比较文学的重新崛起》被收入论文集《中国比较文学艰辛之路》（刘献彪、陆万胜、尹建民主编，人民日报出版社，2005年）。

7月，发表《方重与中国比较文学》（《中国比较文学》2005年第3期）。

同月，发表《翻译的风波——从电影〈翻译风波〉说起》（"海上译谭"之三，《文景》2005年第7期）。

同月，发表《假设鲁迅带着译作来申报鲁迅文学奖——对第三届鲁迅文学奖优秀文学翻译奖评奖的一点管见》（《文汇读书周报》2005年7月8日）。

8月12日至16日，参加在深圳举办的中国比较文学学会第八届年会暨国际学术研讨会，大会主题为"比较文学与当代人文精神——中国比较文学20周年的回顾与反思"。谢天振与南京大学许钧教授共同主持"翻译文学与文化翻译"专题讨论，并作题为《翻译研究文化转向的比较文学意义》的大会主题发言。发言稿后收入年会论文集《承接古今　汇通中外》（宁夏人民出版社，2008年10月）。

8月17日至19日，应邀参加海南大学主办的"全国比较文学高层论坛"并发言。

同月，为庆祝《中国比较文学》创刊20周年暨发行60期，与宋炳辉合作发表《一本杂志与一个学科》（《中国比较文学》2005年第3期）。

同月，发表《优秀文学翻译奖的评选》（"海上译谭"之四，《文景》2005年第8期）。

9月，发表《外国语言文学学位论文：用什么语言写作？——谈外国语言文学博士论文的写作规范》（《中国外语》2005年第5期）。文章认为，博士学位论文的写作语言并非一个简单的语言问题，它涉及两个原则性的大问题：一是博士论文的写作目的；二是国家的尊严、民族语言的地位。外国语言文学专业的博士学位论文必须用母语及汉语写作。有必要让学生和导师确立三个意识：即文献意识、问题意识和学位论文意识。只有这样，博士学位论文的撰写才有可能走上规范化的道路。

同月，发表《牛奶路、银河及其他——关于文化意象的翻译》（"海上译谭"之五，《文景》2005年第9期）。

同月，发表《外语专业博士论文：用什么语言写作？》（《文汇读书周报》2005年9月16日）。

10月8日至9日，主持在上海外国语大学高级翻译学院举办的"首届海峡两岸三地中华译学论坛"并作关于编写中国翻译年鉴的设想的主题发言。

10月28日至30日，参加在南宁举办的"泛珠三角翻译学术研讨会"并作主题发言《翻译研究文化转向的意义》。

同月，发表《台湾来的格理弗——读单德兴教授新译〈格理弗游记〉》（"海上译谭"之六，《文景》2005年第10期）。

11月5日至6日，参加在复旦大学举办的"北大—复旦比较文学学术论坛"并作主题发言，认为论坛本身呈现出了良好的发展态势，从学科身份的探讨、定位到学科建设一步一步地具体化,甚至引起了圈外人士的兴趣和关心。现在,在科研方面如何深入具体地展开成了当务之急。当前许多新的文艺理论的发展已经极大地改变了比较文学的面貌。比较文学发展到今天,"跨"已经成为应有之义,正是这个"跨"使比较文学可以成为一门学科,而其他很多以"比较"冠名的学科并没有成为独立的学科,比较文学能作为一个学科在质疑和非难中生存下来不是偶然的,因为比较文学一直在与时俱进,比较文学的生命力就在于此。

11月6日,参加"2005年上海比较文学博士学术论坛"。

11月11日至12日,参加在广东外语外贸大学举办的"全国翻译学院(系)院长(主任)联席会议"并作题为《关于翻译学学科的建设问题》的发言。

同月,就当前文学译介现状接受南京大学外语学院高方教授的采访,发表《关于当前几个重要翻译问题的思考——谢天振教授访谈录》①。

---

① 高方、谢天振:《关于当前几个重要翻译问题的思考——谢天振教授访谈录》,《外语与外语教学》,2005年第11期。

同月，发表《翻译研究的一大突破》（"海上译谭"之七，《文景》2005年第11期）。

12月3日至5日，参加中山大学在珠海举办的"全国翻译理论与翻译教学研讨会"，并就翻译研究需不需要理论、有没有自己的理论作大会主题发言。

同月，出席南京大学举办的"翻译学博士生培养与教学高层论坛"并作大会主题发言《博士学位论文：用什么语言写作？——兼谈外国语言文学博士论文的写作规范》。

同月，发表《标点符号也要翻译》（"海上译谭"之八，《文景》2005年第12期）。

是年，在复旦大学中文系招收比较文学与世界文学博士研究生张建青。

在上外文学研究院招收比较文学与世界文学硕士研究生倪嘉源。

在上外高翻学院招收中国大陆首届翻译学博士研究生陈浪、张莹。

在上外高翻学院招收翻译学硕士生王静媛、陈娟、周文娟、程欢欢、邓晓君、马小艳、单蓓。

2006年　六十三岁

1月18日至22日,访问香港中文大学。

同月,发表《坚守学术期刊之本》(《文汇读书周报》2006年1月27日)。

同月,主编出版《21世纪中国文学大系·2005年翻译文学》(春风文艺出版社,2006年)。

2月,发表《通天塔的误用》(《文汇读书周报》2006年2月23日)。

3月,在北京大学外国语学院的演讲被北大学生整理成《译介学与比较文学理论建设》一文收入《在北大听讲座》第15辑(文池主编,新世界出版社,2006年版)。

3月13日至16日,赴香港访问,参加香港浸会大学翻译学博士生论文答辩。

4月,发表笔谈文章《探索比较文学研究新领域》(《中国比较文学》2006年第2期)。

6月,发表《对两句翻译"妙论"的反思》(《文汇读书周报》2006年6月30日）。此文后来引发江枫先生一篇题为《对一种伪翻译学反思的反思——江枫答谢天振先生的"恭维"》的长篇反驳（http://blog.sina.com.cn/s/blog_5df1b0de0100btfq.html），反映了中国翻译界在翻译观念上的分歧。八年之后，江枫先生更在微博上以《翻译可以百分之百忠实吗？——再驳翻译总是"创造性叛逆"》为题，直接指责《译介学》为"邪教"，称"译介学是谢天振水平的迷信，译介迷信。迷信，系统传播、纠集信众，可形成宗教。一般宗教，大多劝善，而译介教，教唆作恶，是邪教"（见江枫的新浪博客http://blog.sina.com.cn/s/blog_c2acabeb0101kxqu.html），似已超出学术争论的范围。

7月4日，接受北京航空航天大学李未校长的建议，就在国内高校建立翻译学学位点一事写信给时任教育部副部长吴启迪。信全文如下：

尊敬的吴启迪副部长：您好！

请原谅我如此冒昧地直接给您写信，这是因为最近二三十年来国际上翻译学学科的迅猛发展,使我作为一名在国内高校多年从事翻译学理论研究以及指导翻译学博士生的教师不得不发出紧急呼吁,希望教育部有关部门领导能正视当今翻译学学科在世界各国的发展现状以及国内对高质量翻译人才的市场需求,尽快在教育部的学科目录中正式设立翻译学专业,建立翻译学硕、博士学位点!

迄今为止,世界上已经有 240 多所大学设立了独立的翻译系、所和翻译学学位点,培养翻译学的硕士、博士。仅英国,就有五分之一以上大学设有与翻译有关的教学机构,可以培养学士、硕士和博士学位层面的专门翻译人才。我国香港的多所大学,如中文大学、浸会大学、岭南大学、城市大学、城市理工大学等,以及台湾的台湾师范大学、辅仁大学等,也都设有翻译系、所或翻译学的硕、博士学位点。

而我国内地的高校,除上外于去年自行设立翻译学学位点并正式开始招收翻译学的硕士、博士生外,还没有第二所高校设立独立的翻译学的学位点。多年来我国内地的学生都得到欧美或是港台高校学习翻译学，我们至今还没有一个内地高校自己培养的翻译学博士，目前活跃在内地高校的翻译学博士也都是来自欧美或港台高校，这对于我们这个泱泱翻译大国来说，实在是太不相称了。

当前，随着全球化意识的增强，翻译研究日益受到广泛的重视。在发达国家的许多高校，同时也包括第三世界国家的许多高校，翻译研究早已发展成为一门独立的学科。但在我们国家，翻译研究却还只是作为某一外语学科下面的一个"方向"，譬如在英语语言文学学科下有一个"翻译方向"。上世纪九十年代初，曾有过短暂的一二年时间，在我国国家教委颁布的学科目录（见诸个别几所高校的研究生招生目录）中曾经出现过"翻译理论与实践"的硕士学位点，但后来很快就消失了。再后来，翻译就作为应用语言学下面的三级学科了。

翻译学在我国学科目录中的这种位置，一

方面反映出我们对当前国际翻译学学科发展形势认识的滞后,没能看到翻译学目前早已不单纯是一个语言学范畴内的分支学科了;但另一方面,更重要的,它阻碍了翻译学学科的正常发展,同时还对目前国内高校外语院系的学科建设产生误导:由于看不到翻译学学科的发展前景,外语院系的学科建设就都往语言文学方向努力,连财经大学的外语系都拼命引进外国文学理论的研究人才,以争取设立外国语言文学专业博士点。其实,这样的博士点即使争取到了,对于财经大学来说,并无实际意义。如果能鼓励他们发展翻译学学科,尤其是能体现他们学校特色的翻译学学科,如关注金融、经济方面的翻译研究,培养这方面的专门人才,这对他们学校、对社会,都是大有裨益的事。

随着改革开放的不断深化,我国国际地位的逐步提高,国际交往的日益频繁,翻译在我国的政治、经济、外交、文化、教育、科技等各个领域中的地位日显重要,对高质量的口笔译人才的需求与日俱增。然而，传统外语学科下的翻译方向研究生多偏重外语能力培训，而忽视了翻译学作为一门独立学科的特殊要求，无法立即满足用人单位对翻译人才的要求。因此，只有尽快设置独立的翻译学学科和学位点，才能形成专门的、科学的翻译教学与研究体系，培养出一批外语熟练、知识面开阔、同时还具有一定的理论修养的高层次的翻译人才。

不无必要一提的是，目前教育部在三所高校进行翻译系试点教学而不立即推广是有道理的。根据目前内地考生的外语水平，目前要在本科层面开展翻译学专业训练，还为时过早。由于考生的中外文水平都还没有达到一定水平，本科层面的翻译系教学与目前外语系本科生的教学难以有实质性的区别。因此，比较可行的途径是，目前首先在研究生层面设立翻译学学位点，待条件成熟后，再设立本科层面的翻译系。

最后，还可顺便一提的是，在翻译学学科正

式建立起来以后,还可仿照 MBA 的模式,进行面向社会的"翻译专业硕士"(简称 MIT,即 Master of Interpretation and Translation)培训,这既可规范目前比较混乱的翻译人才培训市场,另一方面又可为社会培养真正合格的翻译人才。此事实际上也为高校的翻译学专业展示了比较广阔的市场发展前景。

以上所述,仅为本人的管窥之见。不妥之处,敬请吴部长指正!

顺颂大安!

上海外国语大学翻译研究所　谢天振敬上

2006 年 7 月 4 日

(谢天振　上海外国语大学翻译研究所所长,国际比较文学协会翻译委员会委员,中国译协翻译理论与翻译教学委员会副主任,复旦大学等校兼职教授、兼职博导。)

吴启迪副部长办公室于两周后即给谢天振公函回复,对于谢天振信中所提意见予以明确肯定,从而极大地推动了国内高校的翻译学学科建设的进程。

同月,发表《关注学者及其论著的学术影响力》(《文汇读书周报》2006 年 7 月 28 日),随即被《新华文摘》第 9 期全文转载。谢天振在文章中强调,各高校对教师的科研成绩的考核,不能只单纯追求科研成果的数量,更要关注学者及其论著的学术影响力,而学术影响力具体反映在其论著的被引用率上。这也就要求教师在进行科研时一定要有创新精神,只有那些富有真知灼见、富有创新精神的论著,才具有恒久的生命力,才能对繁荣学术作出贡献。

同月,发表《翻译研究文化转向之后——翻译研究文化转向的比较文学意义》(《中国比较文学》2006 年第 3 期)。文章认为,突破语言、突破文学的文化转向,已经成为当今国际译学界翻译研究的一个重要发展趋势。文章具体分析了当代翻译研究中文化转向的历史渊源及其当下的必然性,以及文化转向对当代国内译学研究带来的"冲击",认为"文化转向"为比较文学研究,也为翻译研究展现出一个新的广阔的研究领域。

8 月 17 日至 20 日,应澳门中国比较文学学会和澳门大学之邀,谢天振教授作为特邀嘉宾专程飞往澳门出席"澳门的文化生态与人文精神"学术研讨会,并在开幕式上就"澳门的多元文化生态与译介学研究"作大会主题发言,分析了澳门文学、文化的多元化特征,并结合译介学研究的基本原理,展示了从译介学角度切入研究澳门文学、文化的巨大而丰富的研究空间和发展前景。

同月,出席在新疆举行、由新疆大学承办的中国法国文学研究会 2006 年年会并作大会主旨发言,介绍当代翻译研究与翻译理论的最新进展。

9 月,与陈浪合作发表《在翻译中感受在场的身体——读道格拉斯·罗宾逊的〈译者登场〉》(《外语与外语教学》2006 年第 9 期)。该文章是两位作者为英文版译学专著 The Translator's Turn(《译者登场》,外语教学与研究出版社,2006 年)撰写的长篇导读。

10 月 26 日至 28 日,赴广东佛山,出席"跨文化时代的翻译与出版研讨会"(中国比较文学学会翻译研究会、中国出版工作者协会外国文学出版研究会联合主办,佛山科学技术学院承办)并作大会主旨发言,题为《对新时期以来我国外国文学翻译出版的几个问题的思考》。

同月，发表《季羡林与翻译》(《中国翻译》2006 年第 6 期)。

同月，发表散文《我的俄文藏书》(《文汇读书周报》2006 年 10 月 21 日)，并被《新华文摘》全文转载。

12 月 13 日至 19 日，赴台湾辅仁大学出席第二届两岸三地中华译学论坛以及台湾师范大学主办的口笔译研究学术研讨会。

同月，出席翻译硕士专业学位论证专家小组第二次工作会议，并接受委托，负责撰写阐释上报国务院学位办关于设立翻译硕士专业学位申请报告中有关翻译专业硕士学位与传统外语学科中的相关学位的差异的部分。

同月，刘小刚发表《论翻译文学在翻译学学科建设中的本体论地位》一文，借用海德格尔"存在"、"遮蔽状态"等概念来解读谢天振教授的译介学研究。①

是年，在上外文学研究院招收比较文学与世界文学硕士研究生曹雪峰。

---

① 刘小刚：《论翻译文学在翻译学学科建设中的本体论地位》，《黄山学院学报》，2006 年第 6 期。

在上外高翻学院招收翻译学博士研究生李红玉、熊兵娇、王娟。

在上外高翻学院招收翻译学硕士研究生宋艳红、万萍。

2007年　六十四岁

1月11日,出席黑龙江大学主办的"现代性视域下世界文学与文化论坛"并作主旨发言。

同月,论文《并非空白的十年——关于中国"文革"时期的外国文学翻译》被论文集《比较视野中的传统与现代》(孟华、孙康宜主编,北京大学出版社,2007年)收录。

2月,论文《强强联手　规范比较文学的学科建设》、《正视矛盾　保证学科的健康发展》、《学位论文写作指导与学术规范训练》、《译者的诞生与原作者的"死亡"》被论文集《跨文化研究:什么是比较文学?》(严绍璗、陈思和主编,北京大学出版社,2007年)收录。

同月,为《中国翻译理论百年回眸》(文军主编,北京航空航天大学出版社,2007年)撰写序言。

同月，与查明建合作撰写的专著《中国 20 世纪外国文学翻译史》（上、下卷）出版（湖北教育出版社，2007 年）。此书"现代部分"以上海外语教育出版社版《中国现代翻译文学史》内容为初稿，该部分由陈建华、姚君伟、许光华、卫茂平和宋炳辉等分别撰稿。

　　3 月 16 日至 23 日，由中国新闻出版总署主办，英国文化媒体体育部和英国艺术委员会（相当于英国文化部）协办，世界最大出版集团之一的企鹅出版公司承办的中英文学翻译研讨班在风景胜地湖州莫干山举办。谢天振教授作为特邀嘉宾前往，讲授翻译理论。

　　这是中英首次合作举办的中英文学翻译研讨班，由英方推荐 20 名在英美等国从事中英文学翻译的翻译家或教师，中方推荐 20 名从事英中文学翻译和出版的各大出版社资深编辑参加。对此研讨班，英方高度重视，英国文化媒体和体育大臣詹姆斯·珀奈（James Purnell）专门就此作出指示："我们应该走出国门，和其他国家的人们交流我们的工作理念和方法，像中英文学翻译课程这样的项目对此至关重要。中英两国的文化合作对于两国来说都非常重要。这一项目不但会将激动人心的文学传播给新的人群,还会进一步加深中英两国在创意产业间的交流。"研讨班还特邀著名美国汉学家兼汉英翻译家葛浩文教授,著名英国作家哈里·昆兹鲁(Hari Kunzru)、伯纳尔丁·埃瓦里托(Bernardine Evaristo),以及著名中国作家李洱到研讨班与学员们进行面对面的交流和探讨。

同月,发表《不要忽视译者的存在》(《文汇读书周报》2007年3月22日)。

同月,发表《文军主编〈中国翻译理论百年回眸〉序》(《外国语言文学研究》2007年第1期)。

同月,主编出版《21世纪中国文学大系·2006年翻译文学》(春风文艺出版社,2007年)。

同月,发表《2006年中国翻译文学一瞥》(《文景》2007年第3期)。

同月,谢天振《不要忽视译者的存在》一文被《太原日报》转载(2007年4月30日第09版:双塔周刊)。

同月,耿强发表《史学观念与翻译文学史写作——兼评谢天振、查明建主编的〈中国现代翻译文学史(1898—1949)〉》,认为该书视"翻译文学史为文学交流史、文学关系史、文学影响史",从而在"史撰内容"、"体例编排"、"史学叙述"三方面"创新独树"。①

同月,再版教材《比较文学》(陈惇、孙景尧、谢天振主编,高等教育出版社,2007 年),撰写主题学和译介学两章。②

4 月 11 日至 19 日,与上外副校长吴友富、高翻学院院长柴明颎、英语学院院长史志康一起赴肯尼亚首都内罗毕联合国会议总部,与联合国驻内罗毕会议总部会议服务司司长鲁迪(Rudy)洽谈上外高翻学院与联合国内罗毕会议总部的翻译合作事宜。

4 月 26 日,被聘为三峡大学兼职教授。

5 月 14 日,中国译协副秘书长姜永刚代表中国译协会长刘习良向谢天振教授和上外高翻学院院长柴明颎教授颁发国际译联(FIT)2008 年年会学术委员会的聘书,希望他们为将于 2008 年 8 月在上海举办的国际译联年会提供意见、建议与决策,同时评审相关领域的论文、推

① 耿强:《史学观念与翻译文学史写作——兼评谢天振、查明建主编的〈中国现代翻译文学史(1898—1949)〉》,《中国比较文学》,2007 年第 2 期。

② 文军:《中国翻译理论百年回眸》,北京:北京航空航天大学出版社,2007 年版。

荐论坛的主题发言人等。聘书由国际译联主席彼得·德拉乌奇克(Peter W. Drawutschke)和中国译协会长刘习良亲笔签名。国际译联是国际翻译界最具权威性的组织，其成员遍布世界各国，每两年举办一次年会，当时是中国第一次获得国际译联年会的承办权。这个会议也得到了中国中央政府和上海市政府的高度重视：会议是除奥运会外中央批准于翌年8月举行的仅有的一个国际会议，会议将由上海市政府承办，在浦东的国际会议中心举行。

5月23日，出席在上海外国语大学举办的全国英国文学学会第六届年会并作大会主旨发言《译介学与当前国际翻译研究的最新发展》。

同月，为《自由与反讽——纳博科夫的思想与创作》(李小均著，百花洲文艺出版社，2007年)作序。

7月，耿强撰写书评《一幅中国外国文学翻译史的全景图——评查明建、谢天振合著的〈中国20世纪外国文学翻译史〉》，认为该书"向读者展现了一幅20世纪中国外国文学翻译史的全景图"①。

---

① 耿强：《一幅中国外国文学翻译史的全景图——评查明建、谢天振合著的〈中国20世纪外国文学翻译史〉》，《中国翻译》，2007年第4期。

7月27日至8月7日，应邀与北京大学孟华教授、程郁缀教授，北京师范大学刘象愚教授，中国社科院外文所陆建德教授等同赴巴西出席由国际比较文学协会主办、巴西里约热内卢联邦大学承办的三年一次的国际比较文学协会第18届年会。本届年会的主题是"Beyond Binarisms：Discontinuities and Displacements in Comparative Literature"（"超越二元对立：比较文学中的断裂与位移"）。谢天振教授主要参加第六组"Translation，Tradition，Betrayal?"（"翻译，传统，叛逆?"）翻译专题组的讨论，他提交和宣读的论文是"The Cultural Turn in Translation Studies and Its Implications for Contemporary Translation Studies"（《翻译研究中的文化转向及其对当代翻译研究的意义》），该文引起与会代表的极大兴趣。自从在第16届年会上被聘为国际比较文学协会翻译委员会委员开始，在这届年会上，谢天振教授连续第三次被聘为国际比较文学协会翻译委员会的委员，是目前唯一进入国际比较文学协会专业委员会的中国学者。会议期间，谢天振教授与前国际比较文学主席、著名后现代文艺理论家佛克玛教授（Douwe

158

Fokkema),新当选的现任主席、德国比较文学家斯美林教授(Manfred Schmeling)等学者进行了直接接触并简要介绍了上外的比较文学教学和研究情况。

8月,发表《文化转向:当代西方翻译研究新走向》(《社会科学报》2007年8月9日)。

10月,发表《序李小钧〈自由与反讽——纳博科夫的思想与创作〉》(《中国比较文学》2007年第4期)。

同月,出版《译介学导论》(北京大学出版社,2007年)。

11月10日,费小平在贵州省翻译工作者协会第6届会员代表大会暨2007年翻译学学术年会上作了题为《翻译研究与杰出的中国近现代文学研究学者资源的阅读:译介学研究的文本化途径》的发言,提出译介学的研究"远远超越了一般的语言层面,是一种非常复杂的中外文化碰撞与文化对话",也是"整个西方当代文化转向之后的翻译理论的概括与总结"。①

同月,赴福建武夷山出席福建师范大学承办的中国

① 费小平:《翻译研究与杰出的中国近现代文学研究学者资源的阅读:译介学研究的文本化途径》,《贵州省翻译工作者协会第6届会员代表大会暨2007年翻译学学术年会论文集》,2007年11月。

比较文学教学研究会第三届年会暨学术研讨会。

是年,参加第二届海峡"两岸四地"翻译与跨文化交流研讨会,并作了题为《翻译本体研究与翻译研究本体》的发言,收入《第二届海峡"两岸四地"翻译与跨文化交流研讨会论文集》。

是年,在上外高翻学院招收翻译学博士研究生耿强、黄德先、温年芳。

在上外高翻学院招收翻译学硕士研究生李晰皆、王晨、王艳艳、郭仁杰。

2008 年　六十五岁

1 月,发表《序任一鸣〈后殖民批评理论与文学〉》(《中国比较文学》2008 年第 1 期)。

同月,发表《关于翻译文学和翻译研究的几点思考——由王向远教授的两部专著说起》(《中国比较文学》2008 年第 1 期)。该文认为王向远对翻译文学与文学翻译的理论探索以建构性、系统性、缜密性见长,他的《翻译文学导论》对翻译文学原理的构建、《中国翻译文学九大论争》对文学翻译论争的概括与总结,都具有一定的开拓性,对于读者系统了解翻译文学的学科内容、把握翻译文学的规律特征、阅读与鉴赏译本,都大有裨益。

同月,主编《21世纪中国文学大系·2007年翻译文学》(春风文艺出版社,2008年),并撰写前言。

2月,发表《2007年中国翻译文学一瞥》(《文景》2008年第一、二期合刊)。

3月,发表《学术期刊的分等分级与科研工作管理》(《文汇读书周报》2008年3月7日)。

同月,《渤海大学学报(哲学社会科学版)》(2008年第2期)推出研究谢天振译介学理论思想的专辑。专辑由4篇文章组成:谢天振本人撰写的《译介学:比较文学与翻译研究新视野》,文章对译介学研究的理论基础、基本概念作了深入浅出的阐释,对翻译文学的归属问题、文学翻译与翻译文学、翻译文学史与文学翻译史的关系问题等,更是作了相当深刻的分析;宋炳辉教授对谢天振进行学术访谈的文章《从比较文学到翻译研究——关于译介学研究的对话》,对话中谢天振回顾了自己从俄语语言文学的学习到比较文学,再到翻译研究的学术历程,对译介学理论提出的西方和本土文学与文化资源加以分析,对译介学理论提出的理路针对性也作出了说明,同时还分析了翻译研究的最新动向和翻译的文化研究所面临的机遇与挑战;廖七一教授的《论谢天振教授的翻译研究观》,文中指出,"在长达30年的翻译研究中,谢天振教授从跨学科的视角介入翻译研究,创立了独到的译介学理论体系,将翻译文学置于特定时代的文化时空进行考察,使翻译研究超越了'术'的层面而上升为一门显学。谢天振教授的学术思想中体现出的问题意识、'学'的意识以及理论创新和建构意识,不仅拓展了翻译研究的学术空间,同时也影响和改变了中国译学的进程和走向"[1];王向远教授的文章《译介学及翻译文学研究界的"震天"者——谢天振》,认为谢教授"从比较文学切入翻译研究,论述了文学翻译的特性,响亮提出并有力阐述了'翻译文学应该是中国文学的一个组成部分'的观点,提出了翻译文学史编写的有关理论主张,逐步系统地建构了译介学

---

[1] 廖七一:《论谢天振教授的翻译研究观》,《渤海大学学报(哲学社会科学版)》,2008年第2期。

的理论体系。这些都在比较文学及翻译研究界产生了相当的影响"①。

同月,发表《文学研究的后殖民视角——序任一鸣〈后殖民:批评理论与文学〉》(《文汇读书周报》2008 年 3 月 21 日)。

4 月 1 日至 3 日,应邀赴南宁为广西民族大学外语学院讲学。广西翻译协会会长黄天源教授参与接待。

4 月 10 日至 15 日,应邀与上外副校长吴友富、外办主任陆楼法组团出席法国巴黎第十二大学校庆,之后赴奥地利访问萨尔茨堡大学,洽谈两校合作交流事宜。

5 月 9 日,《辽宁日报》文化观察版以将近一整版的篇幅,在"特别策划·文化大发展大繁荣独家访谈之五"的栏目下,刊登了该报记者王研对谢天振教授的长篇访谈。访谈的通栏大标题为"谢天振:如何向世界告知中华文化",三个小标题分别为:"本国读者更了解本国读者的阅读兴趣","中华文化走出国门需要国际合作的前瞻眼光","国外的汉学家、翻译家应当得到鼓励和支持"。

---

① 王向远:《译介学及翻译文学研究界的"震天"者——谢天振》,《渤海大学学报(哲学社会科学版)》,2008 年第 2 期。

谢天振教授在访谈中就"中华文化如何走向世界"的问题坦率地发表了他的看法。他指出，目前国内在这个问题上存在着一些认识误区，片面强调依靠本国翻译家把中国文化典籍翻译成外文，在这方面投入了大量的人力、物力和财力，但收效甚微。他强调说，本国翻译者更了解本国读者的阅读兴趣，因此要让中华文化走出国门，需要有国际合作的前瞻眼光，应当积极鼓励、大力支持国外的汉学家、翻译家参与中华文化典籍的中译外工作。在访谈中，他提出两项具体的建议：为使中国文化更有效地走向世界，应当设立专项基金，鼓励、资助国外的汉学家、翻译家投身于中国文化的译介工作；另外，在国内建立中译外常设基地，为国外汉学家、翻译家与国内专家学者、作家搭建沟通的桥梁。在访谈的最后，谢天振教授强调说："翻译工作者应该要确立一个现代化的译学观念。目前国际上都已经认识到翻译是一门独立的学科，翻译已经进入到职业化时代，已经提出了一整套的规范和很高的要求，如果我们仍然停留在'只要懂外语就能搞翻译'的认识阶段，那么必将影响我国翻译水平的迅速提高。"他还呼吁翻译工作者都学一点翻译学的理论："理论未必对翻译实践有直接的指导作用,但它能帮助我们全面、深刻地认识翻译以及与翻译有关的现象,从而把翻译工作做得更好。否则,翻译得再好,如果没有正确的理论指导,仍然无法取得理想的效果。"①

5月29日,时值贾植芳教授"五七"之祭日,上海市比较文学研究会联合复旦大学中文系举办"贾植芳先生追思会",谢天振代表学会致辞。会议在复旦大学光华西楼1011会议室举行,来自华东师范大学、上海师范大学、上海社科院文学所、上海艺术研究所、同济大学、上海大学、上海外国语大学和复旦大学等高校和研究单位的50多位学者及贾植芳先生的生前好友、学生弟子,以"追思忆谈"的形式,共同分享与贾先生交往的故人往事,缅怀和感念他的高尚人格魅力及其对众人各自学术及人生道路的深远影响,并回顾了贾先生为比较文学和中国现当代文学学科发展所作出的重大贡献。

同月,论文《论比较文学的翻译转向》(《北京大学学报(哲学社会科学版)》2008年第3期)被《新华文摘》2008

---

① 王研:《谢天振:如何向世界告知中华文化》,《辽宁日报》,2008年5月9日第012版。

年第 16 期作为重点文章转载。文章认为,比较文学向翻译研究转向是当前国际比较文学发展的一个最新趋势,同时也将是未来中国比较文学的主要发展方向之一。当代比较文学发生的文化转向呈现出三个新的发展趋势,即对各种文学和文化理论的运用,对影视、动漫作品的研究,以及对翻译进行的研究。而其中翻译研究与比较文学的关系最为密切。比较文学的翻译转向为当前国际比较文学,同时也将为未来中国比较文学研究的深入发展展示广阔的发展前景。

同月,主编出版论文集《当代国外翻译理论导读》(南开大学出版社,2008 年),并撰写前言。

在"前言"中谢天振指出:"国外译学界发生的这两个'转向',尤其是其中的'文化转向',与我们已经习惯熟悉的立足于经验层面的翻译研究传统显然大异其趣,因此必然会对我们国内译学界产生很大的影响,在某种程度上甚至还会带来巨大的挑战。因此,如何全面把握当前国外翻译研究的最新理论走向,正确、理智应对当前国外翻译研究发生的一些最新变化,恐怕是我们每个从事翻译研究和教学的教师和科研人员,每个选修、研习当代国外翻译理论课的研究生和青年学者,应该予以认真、严肃思考的问题。"

他特别强调以下三个方面。一是要转变"把理论简单地划分为东方和西方"的做法,并认为西方的翻译理论"属于西方,它们不适合中国的国情,它们只能解决西方翻译中的问题,它们不能解决中国翻译中的问题";二是要改变"非此即彼、把不同译学理论对立起来的思维方式",他指出,"这里不存在一个流派或学派颠覆另一个流派或学派的问题,它们是互为补充、相辅相成的";三是"要跟上当前国际译学研究的最新进展,要努力关注国外学术界的前沿理论,同时积极、主动地调整我们自身的知识结构","防止已有知识的老化、僵化、教条化,这样才能跟上时代的发展,适应时代的需要"。

7月,发表《傅雷打破译界的三个神话——为纪念傅雷诞辰一百周年而作》(《社会科学报》2008年7月3日)。

同月,发表《听季老谈比较文学与翻译》(《文汇读书周报》2008年7月18日)。

同月,发表《中国文化如何走出去》(《文汇读书周报》2008年7月25日)。

同月,发表《也谈情色文学与翻译》,载《悦读》2008年第七卷(褚钰泉主编,21世纪出版社)。

同月,季进、董炎在书评《文本旅行的地图——从〈中国 20 世纪外国文学翻译史〉谈起》中提出,该书"以最翔实的史料、最清晰的谱系、最扎实的工夫,为 20 世纪外国文学在中国的旅行描绘了一幅生动而全面的地图"①。

9 月,发表《翻译本体研究与翻译研究本体》(《中国翻译》2008 年第 5 期)。文章认为,不要用翻译本体取代翻译研究的本体,而要仔细辨清两者的关系。如果说翻译的本体是指翻译过程中两种语言文字的转换过程本身,那么翻译研究的本体除了语言文字转换过程本身之外,它必然还要包括翻译过程以及译者、接受者等翻译主体和翻译受体所处的历史和文化语境,以及对两种语言文字转换产生影响和制约作用的各种文本以外的因素。正是翻译研究本体的这些特征决定了翻译学不可能是一门单纯的语言学科,而是一门综合性、边缘性、交叉性的独立学科。只有认清了翻译研究本体的这种内涵和性质

---

① 季进、董炎:《文本旅行的地图——从〈中国 20 世纪外国文学翻译史〉谈起》,《中国比较文学》,2008 年第 3 期。

特征,才可能保证我国的翻译研究和翻译学学科建设沿着健康的道路向前发展。

同月,发表《译介学研究——中外文学关系新视角》(《社会科学报》2008 年 9 月 18 日)。

同月,论文《我与比较文学》被收入论文集《穿越比较文学的世纪空间:新时期比较文学教学 30 年》(王福和、吴家荣、刘献彪主编,安徽大学出版社,2008 年)。

10 月 12 日至 14 日,赴北京语言大学出席中国比较文学学会第九届年会暨国际学术讨论会。大会主题为"在多元互动的比较中审视中国文化"。谢天振作了题为《论比较文学的翻译转向》的报告,发言稿后收入年会论文集《多元文化互动中的文学对话》(北京大学出版社,2010 年 8 月)。在这届年会上谢天振连任学会副会长兼出版委员会主任。

同月,论文《季羡林与翻译》被收入论文集《凡人伟业——中外学人眼中的季羡林》(季羡林国际文化研究院编,中国文联出版社,2008 年)。

同月,发表《不单单是关于翻译》(《文汇读书周报》2008 年 10 月 31 日)。

同月,论文《探索比较文学教材的新类型》被收入论文集《比较文学教研论丛(第 1 辑)》(陈惇、王向远主编,宁夏人民出版社,2008 年)。

12 月 28 日至 2009 年 1 月 6 日,应台湾师范大学翻译研究所、台湾辅仁大学比较文化研究所邀请赴台讲学。接待人有台湾师范大学翻译研究所所长周中天教授、辅仁大学比较文学研究所所长康士林教授和杨承淑教授。

是年,在上外高翻学院招收翻译学博士研究生卢志宏、吕黎。

在上外高翻学院招收翻译学硕士研究生付莹喆、胡梦颖、毕澜潇。

2009 年　六十六岁

2 月,主编出版《21 世纪中国文学大系·2008 年翻译文学》(春风文艺出版社,2009 年)。

同月,发表《回归故事　回归情节》(《文汇读书周报》

2009 年 2 月 6 日）。

同月,发表《2008 年中国翻译文学一瞥》(《文景》
2009 年第一、二期合刊)。

3 月,发表《翻译研究"文化转向"之后——翻译研究
文化转向的比较文学意义》(英文)(《中国高等学校学术
文摘(文学研究)(英文版)》2009 年第 1 期)。

同月,出席 2009 年全国翻译硕士专业学位(MTI)教
指委工作(扩大)会议。

4 月 9 日,赴河南大学外语学院讲学,同时被河南大
学聘为兼职教授。

4 月 15 日至 21 日,应台湾大学外文系邀请赴台讲
学,主题为"翻译学——外语院系的新学科增长点"。同
行者有上外高翻学院院长柴明颎教授。

同月,在《中国比较文学》2009 年第 2 期发表《非常
时期的非常翻译——关于中国大陆"文革"时期的文学翻
译》。论文选择大陆"文革"时期几个典型的文学翻译译
本,以一系列极其生动的译例,从翻译对象的选定、翻译
过程的组织,到最后翻译文本的定稿、署名形式,乃至某
些翻译文本中"夹译夹批"的奇怪形式等角度,具体揭示

了翻译与权力和意识形态等因素之间的关系。

同月，被北京大学出版社聘为"翻译专业必读书系"编委会主编。

5月，论文《译介学：展现比较文学研究新领域》被收入《经典与理论——上海大学中文系学术演讲录2》（陈晓兰编，复旦大学出版社，2009年）。

同月，冯庆华教授指导的博士生孔祥立在题为《中国翻译学学科建设论》的学位论文第6章第4节中，认为谢天振教授引进并阐释的"创造性叛逆"概念已成为国内译学界最核心的概念之一。

6月，张白桦在文章《大爱无形——翻译理论家谢天振学术个性中的人文情怀》中，认为谢天振"从比较文学和翻译学的视角出发，从翻译理论研究的主体切入，昭显其理论研究的人文意义及学术价值"①。

7月，与田全金合作的《外国文论在中国的译介（1949—2009）》被《光明日报》"新论辑录"版以近千字的篇幅摘录，尤其对该文第三部分的内容着墨甚多。

① 张白桦：《大爱无形——翻译理论家谢天振学术个性中的人文情怀》，《内蒙古工业大学学报（社会科学版）》，2009年第1期。

8月1日,出席华东师范大学举行的全球化与比较人文学术研讨会暨揭牌仪式。

同月,发表《为翻译文化打造良好的交流平台》(《东方翻译》2009年第1期)。

同月,发表《大师驾鹤西去　风范永存人间——追忆季老为〈东方翻译〉题词和题写刊名》(《东方翻译》2009年第1期)。

同月,出任《东方翻译》副主编。

9月,发表《翻译:从书房到作坊》(《文汇读书周报》2009年9月11日)。

9月20日,在湖南师范大学讲学,讲题为"翻译学:外语院系新的学科增长点",指出翻译学作为一门独立学科正在形成。

同月,发表《为了真正参与全球性的对话——新中国六十年翻译事业的回顾》(《社会科学报》2009年9月24日,第六版:文化交流)。

同月,与田全金合作发表《外国文论在中国的译介(1949—2009)》(《当代作家评论》2009年第5期)。

同月,被聘为上海外国语大学带教(新任教的青年教师)导师。

10 月 24 日至 26 日,组织并参加在浙江金华举办的"全球化视域下翻译教学与研究"学术研讨会,作题为《翻译:从书房到作坊——2009 年国际翻译日主题解读》的大会发言。

同月,出版专著性质教材《中西翻译简史》,为全国翻译硕士专业学位(MTI)系列教材之一种,由外语教学与研究出版社出版。参与该书编写的还有谢天振牵头组织的团队:黄德先、丁欣、何绍斌、张莹、耿强、卢志宏、江帆、吕黎。谢天振在该书前言中首次提出了"中西翻译史整体观"的概念,他通过"翻译与宗教"、"翻译与知识传播"、"翻译与民族语"、"翻译与文化价值的传递"和"翻译与当代各国的文化交流"这五个"抓手",把中西各两千年的翻译史融合成一个有机的整体。与此同时,他提出按特定时期的主流翻译对象进行分期,从而对中西翻译史作了新的三分法,即宗教典籍翻译时期、文学名著翻译时期和实用文献翻译时期。通过这样的划分,他也比较完满地解答了人类基本翻译观念的由来及其形成原因。

同月,为王向远著《比较文学谱系学》(北京师范大学出版社,2009 年)作序并发表。

11 月 1 日,出席在烟台举办的第十届华东地区翻译研讨会并作主题发言。

11 月 14 日,参加在北京举办的全国首届翻译硕士(MTI)教育与翻译产业研讨会,并作题为《翻译:从书房到作坊——MTI 教育的时代背景和历史必然性》的发言。

12 月,发表《2009 年中国翻译文学一瞥》(《文景》2009 年第 12 期)。

同月,发表《翻译:从书房到作坊——2009 年"国际翻译日"主题解读》(《东方翻译》2009 年第 2 期)。

是年,在上外高翻学院招收翻译学博士研究生郑晔。

2010 年　六十七岁

1 月 12 日,赴香港理工大学主持朱志瑜教授的博士生论文答辩。

1 月 15 日及 3 月 21 日,作为课题组成员参加教育部哲学社会科学研究重大课题攻关项目、马克思主义理论研究和建设工程重点教材《比较文学概论》课题组，先后出席了在北京语言大学和华中师范大学举办的两次研讨会。他建议在教材中体现当前比较文学学科最新发展趋势和理论走向，比如近年围绕巴斯奈特、斯皮瓦克的最新观点的争论，从文化层面对翻译的动因、成果、传播、接受、影响等问题的研究，以及研究对象从纸质到非纸质如卡通、动漫领域的变化，都要尽可能在教材中体现。[①]

　　同月，针对谢天振教授 2008 年的《翻译本体研究与翻译研究本体》一文，吕俊、侯向群撰写文章《范式转换抑或视角转变——与谢天振教授商榷》，"认为语言问题是翻译中的核心问题，言语是包括文化信息在内的一切信息的载体，所以文化研究也必须通过对文本的文化解读获得，而不是通过外在性研究获取。并提出三种译学进步模式：范式转换、问题四段式和视角转变。而文化

----

① 赵渭绒：《教育部重大攻关项目〈比较文学概论〉启动》，《中国比较文学》，2010 年第 3 期。

转向只是译学研究中的视角转变，即属于第三种模式"①。

同月，主编出版《21世纪中国文学大系·2009年翻译文学》(春风文艺出版社，2010年)。

同月，发表《不要人云亦云——也谈密勒得奖说明了什么》(《文汇读书周报》2010年1月8日)。

同月，发表《迈过"第一道坎"以后——纪念杨宪益先生去世引发的思考》(《文汇读书周报》2010年1月29日)。

同月，被淮阴工学院外国语学院聘为客座教授。

2月，发表《今天，我们该如何纪念杨宪益先生?》(《东方翻译》2010年第1期)。

3月27日至28日，参加在华东师范大学举行的国家社会科学基金重大项目"新中国外国文学研究60年"的开题论证会。该课题首席专家为陈建华教授。②

同月，与陈众议、许钧、史国强一起，接受《辽宁日报》

---

① 吕俊、侯向群：《范式转换抑或视角转变——与谢天振教授商榷》，《中国翻译》，2010年第1期。

② 华明：《国家社科基金重大项目"新中国外国文学研究60年开题论证"纪要》，《中国比较文学》，2010年第3期。

记者王妍的采访,谈西方对中国当代文学以及中国当代作家的认识,呼吁中国作家"回归故事,回归情节",其观点被刊发在该报《西方为何不了解文学的中国?》(3月11日)、《中国作家创作太猥琐?》(3月18日)的连续报道中。

4月3日,参加在上海师范大学举办的第八届沪上高校比较文学与世界文学博士生论坛并致辞。[①]

4月23日,接受《辽宁日报》记者王妍的采访,谈自己对读书的看法,其观点刊发在《我们需要有品质的阅读》(《辽宁日报》2010年4月23日)一文中。

同月,发表《寻找我国外国文学研究的突破点——序田全金〈陀斯妥耶夫斯基比较研究〉》(《中国比较文学》2010年第1期)。田全金的著作《言与思的越界:陀思妥耶夫斯基比较研究》由复旦大学出版社于2010年出版。

同月,发表《中西翻译史整体观探索》(《东方翻译》2010年第2期)。

同月,贺爱军、方汉文发表了《比较文学研究的学术

---

① 苏鑫:《第八届沪上高校比较文学与世界文学博士生论坛举办》,《中国比较文学》,2010年第3期。

创新——评谢天振〈译介学导论〉》,认为"谢天振的《译介学导论》以文学翻译中的创造性叛逆为研究本体,以文化意象传递、文学翻译中的误译、翻译文学史与文学翻译史为研究客体,标志着一门新型学科译介学的诞生。译介学以不对文本作价值判断为理论恪守,极大地拓展了翻译研究的学术视野,增加了翻译研究的对象,丰富了翻译研究的方法,成为学术创新与学科开拓的典范"[①]。

同月,被北京大学社会科学部聘为国家社会科学基金重大项目"新中国外国文学研究 60 年"子课题"新中国60 年外国文学翻译之考察与分析"负责人。

7 月 15 日,接受深圳报业集团驻沪记者马信芳的采访,在《优秀作品令我们着迷》中列出他推荐的十本中国文化艺术类必读书,并谈了自己的推荐理由。谢天振推荐的十本书为:龚鹏程《中国传统文化十五讲》,李零《丧家狗:我读〈论语〉》,宗白华《美学散步》,李泽厚《美的历程》,陈乐民《欧洲文明十五讲》,唐圭璋选释《唐宋词简

[①] 贺爱军、方汉文:《比较文学研究的学术创新——评谢天振〈译介学导论〉》,《外国文学研究》,2010 年第 2 期,第 155 页。

释》、《莎士比亚戏剧集》戏剧五种,高尔基《不合时宜的思想》,阿多尼斯《我的孤独是一座花园》和谢天振主编的《21世纪中国文学大系·翻译文学》。

8月3日,接受深圳报业集团驻沪记者马信芳的采访,在《革命时代的全景历史》访谈中评价了索尔仁尼琴与他的千万字巨著《红轮》。①

同月,论文《论比较文学的翻译转向》被收入论文集《多元文化互动中的文学对话(上)》(高旭东主编,北京大学出版社,2010年)。

9月18日,出席第三届中南六省区翻译理论与翻译教学研讨会并作大会主旨发言,所提交的论文《从翻译大国到翻译强国》获研讨会特别奖。

9月25日至27日,组织并参加在哈尔滨举办的翻译专业教学理念与教材建设学术研讨会,并作了题为《翻译:从书房到作坊——MTI教育的时代背景和历史必然性》的发言。

同月,因“在翻译研究与翻译教学领域的突出成就”,

---

① 马信芳:《革命时代的全景历史》,《深圳特区报》,2010年8月3日第B10版。

被中国翻译协会聘为中国翻译协会翻译理论与翻译教学委员会副主任。

10月,发表《文学的回归》(《文汇读书周报》2010年10月22日)。

同月,发表《翻译评奖不应太功利》(《文汇读书周报》2010年10月22日)。

同月,论文《中西翻译史整体观探索》被收入论文集《翻译学理论的系统构建——2009年青岛"翻译学学科理论系统构建高层论坛"论文集》(任东升主编,上海外语教育出版社,2010年)。

11月6日,出席鲁迅博物馆与中国人民大学联合主办的"翻译与二十世纪中国文学"学术研讨会并作大会主题发言《论翻译在中国现代文学史上的地位》。

12月,发表《2010年中国翻译文学一瞥》(《文景》2010年第12期)。

同月,发表《文学翻译缺席鲁迅奖说明了什么?》(《东方翻译》2010年第6期),另载《上海思想界》(2010年12月10日)。

是年,在上外高翻学院招收翻译学博士研究生赵征军。

2011 年　六十八岁

1月5日,赴香港浸会大学主持谭载喜教授的博士生论文答辩。

同月,发表论文"Medio-Translatology: A New Area of Comparative Literature"(《译介学:比较文学的新领域》)(载国际核心期刊 *Revue de Litteature Comparee*,2011 年第 1 期)。

2月,发表《〈比较文学与翻译研究〉代序与后记》(《东吴学术》2011 年第 1 期)。《比较文学与翻译研究》是谢天振、王宁主编的"当代中国比较文学研究文库"之一,复旦大学出版社 2011 年出版。

同月,发表《外国文论在新中国译介的第一阶段》(《辽宁日报》2011 年 2 月 21 日)。

同月,发表《30 多年里西方文论译介热潮不断》(《辽宁日报》2011 年 2 月 25 日)。

3月,被教育部高等学校翻译专业教学协作组聘为教育部高等学校教学协作组学术顾问委员会委员。

4月，发表《学科建设不能搞"大跃进"——对近年来国内翻译学学科建设的一点反思》（《东方翻译》2011年第2期）。

同月，被聘为上海外国语大学"青年教师团队教学科研团队培育计划"团队指导。

5月，史国强发表长篇论文《谢天振的翻译文学思想》（《当代作家评论》2011年第3期），对谢天振的翻译文学思想进行了全面、深入、细致的分析和研究。史教授的论文主要由三大部分组成：第一，翻译文学的提出：从文字到文学；第二，创造性叛逆的意义与限度；第三，翻译文学史：内容、方法与研究的问题。文章指出：谢天振教授的《译介学》"借三百几十页的专著重新提出译介学这一概念，为翻译文学的名分、归属、功能提出了合理的解释，指出创造性叛逆的必然性与合理性，从文化传播的角度探讨翻译过程中文化意象（culturally loaded images）的失落、扭曲、误解、误释，应该说，所涉的大多是至今仍然困扰翻译者和研究者的重大问题。更为重要的是，谢天振就上述问题试图给出独到的、符合逻辑的、使人信服的解答,表现出了严谨的公平的治学态度,形成了一以贯之的翻译文学思想"。文章最后指出:"谢天振大张旗鼓地提出翻译文学,这其中至少有四方面的意义:有助于提高翻译文学和文学翻译工作者的地位;为传统的翻译研究注入了无穷的活力;不仅为翻译学科的建设提供了有力的理论依据,还正在或已经使其成为可能;在翻译研究领域果真能形成中国学派的话,那么谢天振的翻译文学思想及其研究方法必将成为其中重要的组成部分。"[①]

　　同月,发表《对〈红与黑〉汉译大讨论的反思》(《外语教学理论与实践》2011年第2期)。文章认为,《红与黑》汉译大讨论与大调查是中国当代翻译史上的一个重大事件,其主要意义在于事件本身以及它给我们带来的启迪。在这一事件中,翻译问题成为当时社会关注的热门话题。大调查,特别是对读者反馈意见的搜集较为成功,同时引发了译界对我国译学观念滞后及其原因的深层思考,使我们意识到,要真正解决翻译问题,提高翻译研究档次,

---

① 史国强:《谢天振的翻译文学思想》,《当代作家评论》,2011年第3期。

缩小中西译学研究之间的差距,必须尽快建立一支严谨的翻译理论家队伍,尽快确立中国翻译界的理论意识,并切实有效地搞好翻译学的学科建设。

同月,主编出版《21世纪中国文学大系·2010年翻译文学》(春风文艺出版社,2011年)。

6月,发表《为翻译立法,此其时也》(《文汇读书周报》2011年6月17日)。

同月,发表《冲击与拓展:翻译研究和比较文学的关系》(《中国社会科学报》2011年6月28日,第8版:文学),认为翻译研究的最新发展尽管在国际学界对比较文学产生了巨大的冲击,但在国内,它却为比较文学的研究,尤其是中西比较文学研究开拓出了崭新的、更为广阔的研究空间。

同月,出版论文集《比较文学与翻译研究》(复旦大学出版社,2011年)。

7月10日至15日,应邀赴台湾师范大学翻译研究所讲学。

同月,与陈思和、宋炳辉联名发表《〈当代中国比较文学研究文库〉总序》(《中国比较文学》2011年第3期),这是三人策划组织的比较文学大型学术丛书的总序,该丛书由复旦大学出版社陆续出版,共24卷。

8月9日至11日,出席在复旦大学和上海师范大学举办的中国比较文学第十届年会暨国际学术研讨会(上海外国语大学也是协办单位之一)。担任年会筹备会顾问,组织并主持"比较文学与翻译研究"、"回顾与展望:中国比较文学30年"两个专门议题,并作了题为《中国文化如何才能"走出去"? ——译介学视角》的大会主题发言。发言稿后收入年会论文集《当代比较文学与方法论建构》(复旦大学出版社,2014年)。

同月,发表《翻译学:何时才能正式入登教育部学科目录——对〈学位授予和人才培养学科目录(2011年)〉的质疑》(《东方翻译》2011年第4期)。

9月,发表《语言差与时间差》(《文汇读书周报》2011年9月3日)。

同月,因"长期从事翻译工作,成绩卓著",被中国翻译协会特授予"资深翻译家"荣誉证书。

10月,发表《中国文化如何才能真正有效地"走出去"?》(《东方翻译》2011年第5期)。

11 月 14 日至 20 日,赴香港城市大学中文、翻译及语言学系讲学,作了两个讲座"翻译研究与学术创新——以译介学研究为例"和"中西翻译史整体观探索"。

11 月 29 日,离开上海,经停新加坡飞澳大利亚布里斯班,出席由澳大利亚昆士兰大学主办的翻译与跨文化交际国际学术研讨会。

12 月 1 日,出席上述会议并在会上作关于"中西翻译史整体观探索"的主旨发言。谢天振在发言中指出,"中西翻译史整体观"的意义和价值是,"首先,它让我们看到了人类翻译活动的共性,譬如它们的大规模展开都与宗教文献的翻译具有密不可分的关系,它们在知识的传播、在各国民族语言的确立和发展、在传递外来的社会文化价值观等方面,都发挥了巨大的作用;其次,这样的研究让我们更清楚地发现两者的差异,譬如宗教在两地的地位并不一样,它对翻译的影响在中西两地就很不一样;又譬如,在翻译研究方面,中方倾向务实,而西方崇尚思辨,等等。最后,更为重要的是,通过这样的整体研究,我们可以更加清晰地把握人类翻译观念演变的脉络及其背后的深层原因,同时也为我们对中西翻译史的发展阶段进行新的划分提供新的思路"①。

12月2日,主持上述会议的"文学翻译研究"专题组的讨论。

同月,论文《外国文论在中国》被收入中国哲学社会科学学科发展报告《当代中国外国文学研究（1949—2009）》（陈众议主编,中国社会科学出版社,2011年）。

同月,发表"The Essential Role of Translation in the Remapping of World Literature in China"（《翻译在中国学界重绘世界文学版图中的关键作用》）（载国际核心期刊 *Neohelicon*,2011年第38期）。

是年,在上外高翻学院招收翻译学硕士研究生顾忆青、张志云（张莹协助指导）,王子文、徐飞、杨洋（李红玉协助指导）。

---

① 详见谢天振:《中西翻译史整体观探索》,《东方翻译》,2010年第2期。

2012 年　六十九岁

1 月 13 日至 16 日，出席台湾辅仁大学主办的第 16 届口笔译教学国际学术研讨会并作大会主旨发言《翻译：从书房到作坊——职业化时代的翻译与翻译研究》。谢天振在发言中分析了"翻译的职业化时代"的由来，同时深入阐述了他的翻译史观，包括他对中西翻译史的分期以及他揭示的翻译理念与历史上特定阶段的主流翻译对象之间的关系。出席此次会议的还有国际著名翻译理论家安东尼·皮姆教授、香港中文大学王宏志教授、北京外国语大学王克非教授、台湾辅仁大学翻译研究家杨承淑教授等。

1 月 17 日至 19 日，访问台湾交通大学人文学院，受到台港著名比较文学家周英雄教授、翻译家范文美教授夫妇的热情接待。

同月，发表《新时代语境期待中国翻译研究的新突破》(《中国翻译》2012 年第 1 期)，认为"推进中国翻译理论建设，就是要求我们的研究者切实有效地梳理、总结中外翻译史上的一切与翻译有关的思想、主张和经验,借鉴、运用相关学科的理论,丰富、深化对于翻译实践的认识,指导我们今天的翻译实践",译学理念一定要跟上已经变化了的时代语境,要注意翻译职业化时代的特点,认清已经变化了的翻译行为、翻译方式和翻译手段。

同月,浙江大学张德明发表《怀疑语境下的理论样态》,评论谢天振的新著《比较文学与翻译研究》,认为谢教授的这本书"代表了目前中国比较文学翻译研究的新成果。全书比较清晰地勾勒出作者 30 年的学术研究轨迹,也比较集中且具体地展示了作者在比较文学与译介学两大研究领域的一些原创性学术观点"①。

2 月 7 日,接受深圳报业集团驻沪记者马信芳的采访,谈狄更斯的文学成就及影响。②

同月,论文《外国语言文学学位论文:用什么语言写作?》被收入论文集《国家战略视角下的外语与外语政策》

---

① 张德明:《怀疑语境下的理论样态》,《中国图书评论》,2012 年第 1 期。
② 参见马信芳:《批判现实主义的幽默大师——比较文学专家谢天振谈狄更斯的文学成就及影响》,《深圳特区报》,2012 年 2 月 7 日第 B06 版。

（赵蓉晖主编,北京大学出版社,2012 年)。

同月,朱明胜发表《外国翻译研究的一扇窗——评〈当代国外翻译理论导读〉》一文,认为"该书从翻译研究中的语言学派入手,通过对当今国外翻译流派的归纳总结,并对各流派代表人物加以介绍及对其代表性文章分别作了译介,给翻译研究人员开启了研究外国翻译理论的一扇窗"[1]。

3 月 22 日,被南京大学出版社有限公司聘为该社外语教材的重点出版项目"英汉翻译系列教材"的学术顾问。

4 月 13 日至 15 日,参加在杭州举办的"翻译学学科建设高端论坛"。

同月,发表《创造性叛逆:争论、实质与意义》(《中国比较文学》2012 年第 2 期)。文章通过对法国文学社会学家埃斯卡皮"翻译总是一种创造性的叛逆"观点及其在中国学界引起争论的相关观点的分析,以及对"创造性叛逆"这一说法理论内涵的剖析,揭示了"创造性叛逆"的实

---

[1] 朱明胜:《外国翻译研究的一扇窗——评〈当代国外翻译理论导读〉》,《译林(学术版)》,2012 年第 1 期。

质及其对于当前翻译研究的价值与意义。

同月,发表《上外高翻 MTI:并非不可复制》(《东方翻译》2012 年第 2 期)。

同月,《山东外语教学》第 2 期"本期人物"刊载谢天振照片及其学术简历。

5 月,主编出版《2011 中国年度翻译文学》(漓江出版社,2012 年)。因所选文章的版权问题难以解决,谢天振每年主编出版的翻译文学年度文选至此不得不告一段落,无法继续。

6 月,发表《再谈"上外高翻 MTI:并非不可复制"》(《东方翻译》2012 年第 3 期)。

7 月,发表《"梦圆"之后的忧思》(《中国翻译》2012 年第 4 期),回顾中国翻译学科筚路蓝缕的创建历史,分析当前在思想观念、研究队伍和体制上存在的问题。

同月,发表《2011 年中国翻译文学一瞥》(《东吴学术》2012 年第 4 期),这是自 2001 年开始所编选的《21 世纪中国文学大系·翻译文学卷》系列图书的收官之卷的序文。

9 月 23 日至 27 日,与上外高翻学院院长柴明颎、上外俄语系副主任李磊荣一起赴俄罗斯圣彼得堡对赫尔岑国立师范大学高级翻译学院进行学术访问，出席该院主持的翻译研究学术会议。谢天振在会上作《论翻译的职业化时代》的主旨发言。谢天振在发言中认为：“随着最近30年来全球经济、文化与信息技术发生的巨大变化，更随着中国和俄罗斯先后加入了WTO，翻译，无论是在西方各国，还是在中国和俄罗斯，都已经毫无疑义地进入了职业化时代。”同时他进一步指出：“翻译的职业化时代的来临实际上给我们从事翻译教学和翻译研究的教师和专家学者提出了一个巨大的挑战。首先是翻译理念上的变化：职业化时代的翻译理念在某些层面上与两千年来的传统的翻译理念有着很大的区别；其次是翻译教学与培训的变化：传统的建立在文学翻译理念基础上的翻译教学与培训理念与方法、手段，显然已经无法适应今天的翻译训练与教学要求；最后是翻译理论的变化：面对当今已经发生了极大变化的翻译现实以及出现的新问题，传统的翻译理论也同样难以做出令人信服的描述和解答。”

同月，论文《作者本意与本文本意——解释学理论与翻译研究》被收入论文集《二元·多元·综合——翻译本质与标准研究》(杨晓荣主编,上海外语教育出版社,2012年)。

9月29日,被聘为上海外国语大学2012年新进教工岗前培训指导教师。

10月13日至15日,组织并参加在广西北海举办的中国比较文学学会翻译研究会年会"新时代语境下的中国翻译研究与教学学术研讨会",并作大会发言《中国文化走出去:理论与实践》。

同月,发表《关注翻译与翻译研究的本质目标——2012年"国际翻译日"主题解读》(《东方翻译》2012年第5期)。

同月,发表《是词典,而非法典》(《文汇读书周报》2012年10月12日),针对一百余名专家学者联名"举报"《现代汉语词典》收录了"NBA"等239个以西文字母开头的词语并指其"违法"一事,立场鲜明地予以批评,强调不要把学术问题非学术化。

同月,发表悼念文章《怀念景尧兄》(《中国比较文学》2012年第4期)。

11月1日至4日,参加在成都举办的首届中国翻译史高层论坛,并作了题为《翻译史编写的理论与实践问题》的发言。

11月10日,出席浙江大学中文系主办的"大学中文学刊与大学当代文化使命"研讨会并作大会主题发言。

11月17日至18日,参加在苏州举办的2012年全国翻译高层研讨会并作了题为《中国文化走出去:理论与实践》的发言。

12月15日至16日,参加在北京举办的"中国古代文化经典在海外的传播及影响研究——以二十世纪为中心"国际会议,作大会发言《中国文化如何才能"走出去"?——译介学视角》。

同月,发表《翻译即生命》(《东方翻译》2012年第6期),深情悼念逝世的著名美国翻译家迈克尔·海姆教授,高度赞赏海姆教授的译艺及其匿名捐献巨款资助文学翻译的"视翻译为生命的崇高品格"。

同月,发表《莫言作品"外译"成功的启示》(《文汇读书周报》2012年12月14日),其主要观点作为《人民日报》内参的访谈稿内容发表,经刘延东副总理批示下发给外文局等相关部局领导部门学习参考。

是年，在上外高翻学院招收翻译学硕士研究生张宇、张晓玲、张初、朱晋、金婷，由李红玉协助指导。

2013 年　七十岁

1月，发表《译介文学作品不妨请外援》（《中国文化报》2013 年 1 月 10 日）。文章提出，基于文学文化交流根本上取决于接受方的兴趣与意愿的规律，中国文学"走出去"应该在机制上设立专项基金和中译外常设基地，鼓励国外汉学家、翻译家从事中国文学的翻译，以更有效地达到中国文学"走出去"的目标。

同月，出版个人学术散文文集《海上译谭》（复旦大学出版社，2013 年）。

2 月 18 日，主持的教育部人文社会科学研究规划基金项目"中国当代翻译文学史（1949—2000）"（批准号 05JA750.11—44019）结项。项目主要参加人为：宋炳辉、任一鸣、田全金、卢玉玲、宋学智。

同月，王志勤对谢天振进行访谈并以两人名义发表《中国文学文化走出去：问题与反思》(《学术月刊》2013年第1期)。谢天振在访谈中指出，莫言获奖为译介学提供了一个很好的个案。中国文学、文化要成功"走出去"，必须综合考虑作者、译者、赞助人和出版机构等多种因素。简单的民族化情绪、用"译入"理论指导"译出"实践等做法都是认识误区。必须认清译介规律，考虑译入语读者对翻译家的认可程度，了解译入语国家的社会因素、意识形态、占主导地位的文学观念，正视接受环境与译出环境的时间差和语言差，站在冷静的立场上进行理性思考，这样中国文学、文化才有可能真正有效地"走出去"。

同月，发表《换个视角看翻译》(《东方翻译》2013年第1期)。

3月，与上外高翻学院柴明颎、戴惠萍一起应邀赴美国访问马里兰大学、斯沃斯摩尔学院，商谈校际合作事宜。

同月，在2013年第2期《东吴学术》杂志的"东吴讲堂"栏目发表题为《中国文学、文化走出去：理论与实践》的演讲文章。

同月,发表《换个视角谈翻译》(《文汇读书周报》2013年3月15日,第8版:书人茶话)。

4月24日至25日,组织并参加在上海外国语大学高翻学院举行的第十届中华译学论坛暨《东方翻译》编委扩大会议并发言;出席随后举办的译介学与翻译学学科建设研讨会并发言。后一个会议,也是谢天振的好友及弟子以学术研讨的方式庆贺其七十岁生日的聚会,与会者的相关论文结集为《润物有声——谢天振教授七十华诞纪念文集》(宋炳辉等主编,复旦大学出版社,2013年)。

同月,发表《切实重视文化贸易中的语言服务》(《东方翻译》2013年第2期)。

5月7日,参加并主持华东师范大学国际文化交流学院博士生论文答辩。

5月9日,在湖南师范大学外语学院讲学,上午讲"学术研究与学术创新——兼谈学术论文的写作与发表",下午讲"论翻译的职业化时代"。

5月10日,在湖南工业大学讲学,讲题为"中国文化走出去:理论与实践"。

5月13日,在湖南吉首大学讲学,讲题为"翻译学:

外语院系新的学科增长点"。

5月17日,在四川外语学院讲学,讲题为"从翻译服务到语言服务——论翻译的职业化时代的理论与行为"。

5月18日,与北京外国语大学何其莘教授一起作为特邀嘉宾出席四川外语学院更名为四川外国语大学的庆典大会。

5月23日,参加并主持上海师范大学文学院比较文学专业博士生论文答辩。

5月28日,应邀出席查明建招待来上外讲学的香港岭南大学翻译系张南峰教授的午宴。

5月29日,参加华东师范大学中文系陈建华教授的博士生论文答辩。

5月30日,上午出席首届中国(北京)国际服务贸易交易会上海文化基地的揭牌仪式,下午赴首都经贸大学外国语学院讲学。

5月31日,出席中国翻译协会组织的关于翻译服务和文化外译的研讨会。

同月,四川大学文学与新闻学院苏敏教授在《读与写》杂志上发表与谢天振商榷的文章,题为《从译介学角度论翻译文学归属》(《读与写》杂志 2013 年第 5 期)。

6 月 1 日至 2 日,出席同济大学主办的"从泰戈尔到莫言：百年东方文化的世界意义"国际学术会议并作大会主题发言《中国文化走出去：问题与实质》。

6 月 5 日,被国家对外文化交流研究基地聘为特聘专家。

6 月 8 日至 9 日,参加在武汉举办的"中美诗歌诗学协会第二届年会暨现当代英语文学国际研讨会"并发言。

6 月 21 日,参加在上海举办的外语专业研究生教育高层论坛并作了题为《关于学位论文的写作规范》的发言。

6 月 28 日至 30 日,参加在大连召开的教育部高等学校翻译专业教学协作组工作会议和第九届全国翻译院系负责人联席会。

同月,发表《从语言服务到翻译服务》(《东方翻译》2013 年第 3 期)。

7 月 18 日至 24 日,应邀参加在巴黎举行的"2013 ICLA International Congress"(第 20 届国际比较文学协会年会),分别与北京大学孟华教授、香港岭南大学丁尔苏教授共同主持了两场题为"西方文论概念在东方的境遇"的圆桌会议,还以国际比较文学协会翻译委员会委员的身份参加了年会期间的翻译委员会会议。

8月,发表《翻译文学史:探索与实践》(《东方翻译》2013年第4期)。

同月,谢天振主持编写的《中西翻译简史》由台湾书林出版有限公司推出繁体字版。

8月12日至24日,应邀为上海外国语大学俄语系2013暑期班授课,讲解学术研究的方法论和学术意识。

8月13日至14日,参加在北京举办的"高端应用型翻译人才培养"学术研讨会,并主持"高端应用型翻译人才的教学与评估"专题讨论。

9月27日至28日,出席在天津师范大学举办的"比较文学与世界文学博导高层论坛暨中国比较文学学会常务理事会议"。在会上谢天振提议,除终身会长乐黛云教授外,今后凡年满七十周岁的理事一律不再担任学会的会长、副会长,他的提议获得与会者的一致同意。

10月11日,出席上海大学举办的"'非主流'英语文学暨中国文化走出去的翻译视角"专题研讨会并作大会主题发言《中国文学走出去：问题与思考》。会议由中国比较文学学会翻译研究会、上海市比较文学研究会和上海大学英美文学研究中心联合举办。

10月11日至13日，受在重庆举办的"全国高校比较文学与世界文学高级研修班"邀请，作为专家教师为一百多名学员授课。

10月14日至15日，与王宁教授及美国著名翻译家葛浩文教授共同出席在清华大学主办的"中国比较文学和翻译研究高峰论坛"并作主题发言《中国文学走出去：问题与对策》。

10月19日至21日，组织并参加在四川外国语大学举办的"中国翻译学学科建设高层论坛"，作题为《隐身与现身：从传统译论到当代译论》的发言，并主持"翻译史研究"的分组讨论。

10月20日，被福建工程学院聘为客座教授。

10月23日，组织并参加在上海外国语大学召开的上海市社会科学界第十一届学术年会文学学科专场——"中国文学走出去：挑战与机遇"学术研讨会，致开幕词，并作题为《中国文学走出去：理论与实践》的大会报告。

出席大会并作大会主题发言的还有莫言作品的英语翻译专家葛浩文教授,清华大学王宁教授,复旦大学陈思和教授,以及宋炳辉教授和季进教授。会议由上海市比较文学研究会承办。

同月,出版专著《译介学(增订本)》(译林出版社,2013年)。

同月,发表《给翻译史课以应有的位置》(《东方翻译》2013年第5期)。

11月4日,发表《从译介学视角看中国文学如何走出去》(《中国社会科学报》2013年11月4日,第B02版:专版)。

11月16日,参加上海高校比较文学博士生论坛并作点评。

11月21日至24日,出席暨南大学主办的第六届"全国文艺学及相关学科发展"学术研讨会并作大会主题发言《中国翻译文学史:探索与问题》。

同月,教材《简明中西翻译史》出版(与何绍斌合作,外语教学与研究出版社,2013年)。

同月,发表《"目标始终如一"——我的学术道路回顾》(《当代外语研究》2013 年第 11 期)。在文中深情地回顾了他青年时代读到的马克思的一句话"目标始终如一"如何深深地影响了他一生的学术和人生道路。

12 月 5 日,发表《中国文化走出去不是简单的翻译问题》(《社会科学报》2013 年 12 月 5 日,第 6 版:文化交流)。

12 月 6 日,参加复旦大学文学翻译研究中心成立大会并发言。

12 月 23 日至 25 日,接受广西民族大学邀请讲学,共举行三次专题讲座"学术研究与学术创新"、"比较文学与翻译研究"、"中西翻译史专题"。另应邀作了《外国语言文学学科及博士点建设》的报告,对该校的学科建设提出建议。

同月,发表《三读钱锺书〈林纾的翻译〉》(《东方翻译》2013 年第 6 期)。

2014 年　七十一岁

1 月 16 日,作为校外专家参加《上海理工大学学报

（社会科学版）》2013年度编委会。谢天振根据自己的办刊经验，在会上指出，学术期刊要避免同质化，要有创新、有特色，可以利用ESP研究的平台和优势组织学术交流活动，从而突出亮点和特色，同时要加大宣传力度。

1月19日，赴广州外语外贸大学出席《外国语》编辑部主办的"全国翻译理论研究高层论坛"并发言，指出我国目前涌现的一批优秀的翻译研究学者具备很好的理论素养和前沿视角，要敢于、善于提出自己的观点，和国外的同行进行对话、交流。翻译研究不能只停留在两种语言文字转换层面的研究上，应当"超越文本、超越翻译"，在文本之外的层面上研究翻译，重新审视翻译的定义。

1月24日，发表《中国文学"走出去"不只是一个翻译问题》（《中国社会科学报》2014年1月24日），指出"文学、文化的跨语言、跨国界传播是一项牵涉面广、制约因素复杂的活动，决定文学译介效果的原因更是多方面的"，"中国文学、文化要切实有效地'走出去'，有三个问题和两个特殊现象必须引起我们的重视"。

同月，发表《中国文学走出去：问题与实质》（《中国比较文学》2014年第1期），系《中国比较文学》组织的

"学术前沿"专辑"'中国文学走出去'研究特辑"的领衔文章。该文被《新华文摘》2014 年第 7 期作为封面重点文章全文转载。

同月,就中国文化"走出去"问题接受中央人民广播电台采访。

同月,出版专著《隐身与现身——从传统译论到现代译论》(北京大学出版社,2014 年)。

同月,张建青发表《译介学与翻译学：创始人与倡导者——谢天振教授访谈录》(《山东外语教学》,第 1 期)。

2 月,出任《东方翻译》执行主编,并针对翻译硕士专业学位(MTI)高速发展的现状和存在的问题发表《新年三愿》(《东方翻译》2014 年第 1 期)。

3 月 5 日,应邀在上海第二工业大学讲学,题目为"外语学科发展新趋势和两个新学科增长点"。

3 月 15 日,应邀赴上海大学外国语学院参加《蒲松龄研究》学刊专家座谈。

3 月 29 日至 30 日,应邀参加在河北师范大学召开的全国翻译专业学位研究生教育指导委员会 2014 年工作会议以及全国翻译专业学位研究生教育 2014 年年会。

4月4日,发表《顶葛浩文的"我行我素"》(《文汇读书周报》2014年4月4日)。

4月7日起,在四川外国语大学高级翻译学院讲学12天。

4月17日,在四川外国语大学演讲,题为《对现行翻译定义的质疑——基于翻译的职业化时代的思考》。他主要从以下三个方面进行了阐述:中西翻译定义古今比较,现行定义已落后于时代变化,翻译的重新定义。

4月24日,发表《纸质文本的深度阅读改变人生》(《社会科学报》2014年4月24日,第6版:专题)。

4月26日,赴郑州出席由外语教学与研究出版社主办的河南省高校英语类专业教学发展研讨会。谢天振介绍了我国外语专业的两个新学科增长点——比较文学与跨文化研究、翻译学。他指出,翻译职业化时代已经到来,面对这种变化,翻译的教学理念也需要进行调整。

同月,发表《论翻译的职业化时代》(《东方翻译》2014年第2期)。文章认为,进入职业化时代后,翻译的主流对象、翻译方式、翻译的工具和手段、翻译研究的对象和翻译研究队伍五个方面都发生了重大变化,我们需要调整观念和认识,进一步探索职业化时代的翻译理论。

5月1日至4日,参加由《当代作家评论》杂志在沈阳举办的首届中国当代文学翻译高峰论坛,并作了题为《中国文学走出去:问题与实质》的主题发言。谢天振认为,中国文学"走出去",问题和实质的焦点是要全面、正确、深刻理解翻译的性质与功能,这对于翻译实践和翻译研究者来说都是一种新的挑战。贾平凹、阿来、李洱、欧阳江河等中国著名作家、诗人,高克希、鲁鹏等国外著名汉学家、翻译家,陈思和、张清华、林建法、宋炳辉、季进等国内著名中国现当代文学专家出席会议。

5月10日,参加在杭州举行的教育部高等学校翻译专业教学协作组2014年工作会议和第十届全国翻译院系负责人联席会议。

5月11日,出席由复旦大学中文系、美国密歇根大学、复旦大学文学翻译研究中心、复旦大学中华文明研究中心联合举办的"翻译与比较文化研究:东西对话"国际学术研讨会,并作题为《中国文学走出去:问题与实质》的发言,运用译介学理论分析和阐述了中国文学"走出去"的认识误区、文化外译所面临的"时间差"与"语言差"

等问题。

5月20日,参加在上海外国语大学高级翻译学院举行的上海翻译专业学位研究生教育指导委员会(上海翻译教指委)成立大会及上海翻译教指委第一次全体会议。

5月21日,被上海市学位委员会办公室、上海市研究生教育学会聘为上海翻译教指委委员。

5月29日,应河南科技学院外国语学院邀请作题为《中国文学走出去:问题与实质》的讲座。以《中国文学》杂志、"熊猫丛书"、"大中华文库"和莫言作品的外译为个案,对新中国有意识译介中国文学的实践进行了分析,并指出了其成功和失败的原因。谢天振指出在中国文学外译的问题上,应该摆脱认识误区,区分译入与译出两种行为,把握文学、文化跨语言传播与交流的基本译介规律,认识到中西文化交流中存在的"时间差"和"语言差"现象。

同月,为《安徽大学学报(哲学社会科学版)》主持"翻译史研究"专栏(2014年第3期)。

同月,发表"In Search of an Integrated View of Translation History in China and the West"(《中西方翻

译史整体观》,载 *East Journal of Translation* 2014 特别专号)。

同月,《中国文化如何才能走出去——译介学视角》被收入论文集《当代比较文学与方法论建构》(杨乃乔主编,复旦大学出版社,2014 年)。

6 月 25 日,上海外国语大学校报副刊第 4 版转载谢天振发表在 2014 年 4 月 24 日《社会科学报》上的随笔《纸质文本的深度阅读改变人生》。

同月,与王宁合作发表《展示中国当代翻译研究前沿成果》(《东方翻译》2014 年第 3 期)。此文为谢天振与王宁联袂策划主编的"中国当代翻译研究文库"丛书的总序。丛书由复旦大学出版社于 2014 年出版第一辑 5 卷,第二辑 3 卷于 2017 年至 2018 年出版。

同月,发表《翻译,不止一种形式——读董伯韬著〈悠远唐音〉》(《文汇读书周报》2014 年 6 月 13 日)。

7 月 5 日,参加在上海师范大学举办的上海市比较文学研究会第十一届年会暨学术研讨会。研究会会长谢天振教授代表学会第十届理事会作工作报告,并正式辞去会长职务,推荐宋炳辉为新一任会长候选人。经新一届理事会选举,谢天振教授担任学会名誉会长。

7月23日,在2014年上海"翻译学与翻译专业"暑期学校讲授"翻译与文化"课程。

7月24日,参加上海翻译教指委主任会议。

7月29日,在2014年上海"翻译学与翻译专业"暑期学校为学员做考研答疑。

7月31日,在2014年上海"翻译学与翻译专业"暑期学校举办学术沙龙"翻译的职业化时代"。

8月9日,参加上海文艺出版社为最新出版的《世界文学史》一书举办的座谈会并发言。他说:"我当初,那还是'文革'期间,在上海福州路外文书店二楼,看到的这套书还是作为内部图书的外文影印版,也不全,就其中几卷。""我对这本书的价值有很深感触,可以说它对整个世界文学的把握要远远超出当时所有国家,即便到现在,也无出其右者。"

8月17日,接受《南方都市报》记者颜亮电话采访,谈《世界文学史》的价值与意义。访谈发表在《南方都市报》(2014年8月22日"文化中国"版),题为《谢天振:中国人眼中的世界文学》。

8月20日,参加上海交通大学徐汇校区上海翻译教指委主任扩大会议。

9月9日,参加上海交通大学徐汇校区上海翻译教指委全体会议。

9月13日,参加华东政法大学第五届"华政杯"全国法律翻译大赛决赛颁奖,以及该院翻译硕士专业建设研讨会。

9月19日至20日,赴延边大学出席中国比较文学学会第11届年会暨国际学术研讨会,并作大会主题发言《文化外译与翻译理念的更新》,从翻译的现状与实质出发,在翻译职业化、译入与译出、翻译的忠实观等几个层面上,重新定义"翻译"内涵。此外,还召集和主持了"翻译与比较文学"分论坛。中国比较文学学会第11届第2次理事会和常务理事会决定,聘请谢天振等资深学者为学会学术顾问,以感谢他们长期以来为中国比较文学事业作出的杰出贡献。

9月26日,在北京大学比较文学与比较文化研究所作题为《译者的隐身与现身——从钱锺书翻译思想中的矛盾说起》的学术报告,这是北大比较文学与比较文化研究所"比较文学与世界文学学术讲座"系列的第 20 讲。

同月,在《东方翻译》发表《探索翻译研究的新视野》,此文系《翻译研究新视野》一书新版(福建教育出版社,2014 年)的"自序"。

同月,在《外国语》杂志第 5 期发表《正确理解"文化转向"的实质》。

10 月 7 日至 14 日,与上外高翻学院院长柴明颎教授、上外俄语系副主任李磊荣副教授一起,应邀赴俄罗斯符拉迪沃斯托克出席远东联邦大学东方学院主持召开的"口笔译教学理论、实践与方法论当代发展趋势"工作坊以及相应的圆桌会议,并作主旨发言《翻译的职业化时代:理念、现实和挑战》。同时还出席一场学术圆桌会议并作主题发言《专业翻译人才的培养与翻译的重新定义》。此外还参加了两校关于加强双方在翻译研究与翻译教学方面的合作交流的对话会。

10 月 17 日至 18 日,出席由中国翻译协会翻译理论与翻译教学委员会和中国英汉语比较研究会翻译学科委员会主办、华东政法大学外语学院承办的"第二届中国翻译史高层论坛"。谢天振教授通过对比中西翻译活动的发展轨迹和分析译学观念的演变过程,提出了中西翻译史整体观的观点。

10 月 25 日,赴成都出席由西南民族大学与中国民族语文翻译局联合主办、西南民族大学外国语学院中国少数民族文库翻译研究中心承办的"2014 中国少数民族文库外译学术研讨会",并作主题发言《文化外译与翻译理念的更新》。

10 月 27 日,赴四川南充出席西华师范大学中国文学文化译介中心挂牌仪式暨谢天振教授学术讲座,讲座题目为"译者的隐身与现身——从钱锺书翻译思想中的矛盾说起"。

10 月 29 日,在四川大学外国语学院举办讲座"翻译的职位化时代:理念与行为"。

10 月 30 日,在四川大学外国语学院与翻译家曹明伦进行学术对话。两位教授从翻译理论与实践的关系谈起,就中西译论的关系、翻译研究的根本、译介学的学科地位、翻译研究中的一些热点问题厘清了概念,消除了误解,并在诸多问题上求同存异,达成了基本共识。该对话内容整理后作为特稿发表在《东方翻译》2015 年第 2

期上。

11月6日,参加在上外高翻学院举办的上海翻译教指委会议。

11月8日,应邀在福州大学外国语学院举行讲座"翻译的职业化时代:理念与行为"。

11月8日至10日,赴福州大学出席由中国比较文学学会翻译研究会、中国翻译协会翻译理论与翻译教学委员会、教育部全国翻译教育指导委员会、《东方翻译》杂志社联合主办的"传统与现实——当代中外翻译理论与实践研究"高层论坛,并作题为《文化外译与翻译理念的更新》的发言,认为当前围绕中国文化"走出去"展开的文化外译打破了从强势文化到弱势文化的译介学规律,同时鉴于当前翻译进入了职业化时代,其主流对象、方式、工具和手段、研究对象、研究的队伍都发生着巨大的变化,因而需要对现行的翻译定义进行再思考,进而提出了重新定义翻译的基本构想。

11月10日,在泉州华侨大学作题为《翻译的职业化时代:理念与行为》的学术报告。从中西"translation/翻译"的定义的古今比较讲起,结合翻译理论和实践的发展现状,对翻译的内涵作出新的阐释。

11月19日至30日,在广东外语外贸大学高级翻译学院举办系列讲座。先后作了题为《如何做好翻译研究与创新》、《目标始终如一——我的学术道路回顾》、《学位论文写作三意识——兼谈翻译研究的写作空间》、《学位论文写作的困惑与问题(上)》、《学位论文写作的困惑与问题(下)》、《如何看待翻译研究的根的问题》的六场报告。

11月24日,在广东外语外贸大学访学期间,应邀在暨南大学外国语学院作题为"学术研究与学术创新——兼谈学术论文的写作与发表"的讲座。

12月3日,在华东师范大学对外汉语学院讲学"文化外译与翻译理念的更新"。

12月6日,与王宏志、宋炳辉教授一起,出席由上海图书馆讲座中心、复旦大学出版社主办的上海图书馆讲座特别活动:"超越文本 超越翻译——当代翻译与翻译研究三人谈",现场对话录音经整理后发表在《东方翻译》2015年第1期。

12月11日,为南京大学翻译研讨会"侨裕讲坛"作题为"今天,让我们重新认识翻译"的讲座。

12月12日,赴广东外语外贸大学出席由《外语研究》、《现代传播》编辑部及广东省外语研究与语言服务协同创新中心举办的"多视角跨文化传播研究"学术研讨会,作题为《文化外译研究——译介学视角》的发言,强调译者要注意"语言差"和"时间差",把握译介规律,关注中西文化交流中的特殊现象。

12月16日,在同济大学作题为"学术研究与学术创新"的讲座。

12月23日,在上海师范大学作题为"学术研究与学术创新——兼谈学术论文的写作与发表"的讲座。

同月,被广西民族大学外国语学院聘为客座教授。

2015年　七十二岁

1月14日,应邀出席上海海事大学外国语学院学科规划会议,审阅该校学科规划并提出建议。

1月15日,为上海大学中文系比较文学与世界文学学科作题为"学术研究与学术创新——兼谈比较文学学术论文的写作与发表"的讲座。

1月21日,在香港中文大学翻译系作题为"译介学:基本理念及最新进展"的讲座。

1月23日,在香港岭南大学翻译系作题为"翻译的职业化时代"的讲座。

1月25日,出席上海市比较文学研究会理事会。

3月23日,在广西民族大学作题为"目标始终如一"的讲座。

3月24日,在广西民族大学作题为"今天,让我们重新认识翻译"的讲座。

3月25日,出席广西民族大学博士点学科建设座谈会并为该校学科建设提出建议。

3月26日,在广西民族大学作题为"学术研究与创新"的学术讲座。

3月28日至29日,赴广东外语外贸大学出席由《中国翻译》和《东方翻译》编辑部联合主办的"何为翻译?——翻译的重新定位与定义"高层论坛。这是谢天振呼吁和策划的一次学术会议,他在会上指出,翻译职业化时代的到来表明,现行翻译定义已经无法涵盖翻译行为和活动的内涵,必须结合当下历史语境重新思考翻译的定位。来自两岸三地的 19 名翻译研究专家就新时期翻译的重新定位与定义展开了热烈的探讨。

4 月 9 日,出席上海翻译教指委会议。

4 月 10 日至 12 日,出席由四川大学承办的"中国比较文学终身成就奖颁奖典礼暨'中国比较文学研究的回顾与展望'学术研讨会"。为表彰在中国比较文学领域作出卓越贡献的专家学者,中国比较文学学会授予谢天振等 9 位比较文学资深学者"中国比较文学终身成就奖"。在 12 日举行的"全国比较文学青年教师高研班"上,谢天振发表题为"目标始终如一——我与比较文学的情与缘"的演讲。

4 月 17 日,为福州大学下属的二级学院至诚学院作讲座"目标始终如一"。

4 月 18 日,出席福州大学举办的比较文化论坛。

4 月 20 日,被福建工程学院聘为客座教授。受聘仪式在南区演播厅举行。随后做客"苍霞学术讲坛",作题为"目标始终如一:我的学术道路回顾"的学术讲座。

4 月 25 日,在苏州大学外国语学院讲学"学术研究与学术创新——兼谈学术论文的写作与发表"。

4月28日,在复旦大学外国语言文学学院翻译系作题为"学术研究与学术创新——兼谈学术论文的写作与发表"的讲座。

5月9日,出席在上海外国语大学举办的庆祝《中国比较文学》创刊百期暨上海市比较文学研究会成立三十周年学术研讨会,会议以"学术期刊、社团与比较文学的未来"为主题,来自全国各地的40多名比较文学界学者出席会议。谢天振作为《中国比较文学》主编和上海市比较文学研究会名誉会长致开幕词,并主持了闭幕式。

5月11日,作为全国翻译专业学位研究生教育指导委员会专家组成员,出席吉林华桥外国语学院翻译硕士专业学位研究生教育的专项评估。

5月12日,赴北华大学(吉林)参加对该校翻译硕士专业学位研究生教育的专项评估。

5月13日,出席对吉林师范大学(四平)翻译硕士专业学位研究生教育的专项评估。

5月16日,赴电子科技大学(成都)出席由四川省社科联和上海外语教育出版社共同发起的"四川省高校外语科研培训会"，作题为《学术研究与学术创新——兼谈科研项目的申报与写作》的主题报告。

6月12日至13日，出席在天津召开的"2015年度教育部高等学校翻译专业教学协作组会议暨第11届全国翻译院系负责人联席会议"。

7月7日，赴内蒙赤峰、通辽出席由上海大学英语文学文化研究中心主办，内蒙古民族大学外国语学院、赤峰学院等承办，外文出版社协办的"中国外语专家草原学术高峰论坛"。

7月20日，赴广西南宁出席由广西翻译协会、上海外国语大学高翻学院联合主办，广西民族大学承办的翻译研究与教学高级研修班，作题为《翻译的职业化时代与翻译理念》的报告，并参与为期十天的译学组课程培训。

本月，在《中国比较文学》第3期（总第100期）发表《创刊百期感怀》一文，回顾《中国比较文学》杂志的创刊和发展历程，对31年来中国比较文学学会、学界前辈和同仁的关怀和支持表示感谢，回顾了期刊在中国比较文学学科发展中所发挥的重要作用，也对办刊过程中所遇到的困难、学科发展中存在的问题坦率地提出了个人意见。

8月9日，应邀赴国家行政学院（北京）为教育部哲学社会科学重大攻关项目与马克思主义理论建设工程《比较文学概论》培训班讲授"比较文学与翻译研究"课程。

9月20日，作为特邀代表赴福州出席福建省委宣传部主持的福州闽籍翻译家学术研讨会，并就福建在中国翻译史上的独特贡献作主旨发言。

9月21日，在福州大学外国语学院作题为"比较文学研究新趋势"的学术讲座。

9月22日，在福州大学外国语学院作题为"翻译史研究：问题与空间"的讲座，并出席该院翻译专业学位研究生学科建设咨询会。

10月10日，赴吉林长春出席"职业化时代翻译的重新定义与定位"高层论坛暨中国比较文学学会翻译研究会第11届年会，并作主旨发言，针对当今翻译的对象、方式、工具和形态的巨大变化，提出重新定位和定义翻译是研究者的历史使命。

10月15日，赴内蒙通辽出席由内蒙古民族大学校长主持的聘任仪式,应邀担任该校客座教授。在答谢致辞中,结合该校外国语学院现状,就师资队伍、学科建设提出建议,随后作了题为"目标始终如一"的讲座,并与该校外国语学院老师座谈。

10月27日,赴西安,为西北政法大学外国语学院师生作题为"今天,让我们重新认识翻译"的学术讲座。

10月28日,受聘为西安外国语大学客座教授,并向全校师生作题为"今天,让我们重新认识翻译"的学术讲座。

10月29日,受聘为西安翻译学院客座教授。

10月31日至11月1日,赴广州出席广东外语外贸大学举办的"翻译研究国际高层论坛"和广东外语外贸大学高级翻译学院十周年院庆。

同月,发表书评《模糊并非含糊——傅昌萍新著〈模糊化思维与翻译研究〉评介》(载《东方翻译》第6期),署名"夏景"。

11月7日,赴北京出席"杨周翰与比较文学的未来"学术研讨会。会议由上海交通大学人文艺术研究院和清华大学比较文学与文化研究中心、《探索与争鸣》杂志共同主办。谢天振作题为《杨周翰与〈中国比较文学〉》的发言。

11月10日,在广西民族大学外国语学院作题为"今天,让我们重新认识翻译"的讲座。

11月11日,作为柔性引进人才,与广西民族大学校长谢尚果、副校长李尚平等见面。谢天振教授介绍了翻译学科的设立过程和发展现状,并结合未来工作设想,针对广西民族大学外国语学院的学科建设和发展提出意见和建议。他指出:广西民族大学是一所民族院校,少数民族学生居多,与东南亚国家的交往比较密切,有建设和发展比较文学和翻译学学科的独特优势。希望广西民族大学发挥已有资源优势和科研能力,推动比较文学和翻译学学科的建设。

11月13日,与广东外语外贸大学校长仲伟合晤谈翻译专业学位研究生学科建设问题。

11月14日至15日,出席广东外语外贸举办的"2015年广东省研究生学术论坛——翻译学分论坛暨第三届全国翻译学博士论坛",并作专题报告,参加博导圆桌会议,交流研究生培养心得和经验。

11月21日，应邀出席"北京大学比较文学与比较文化研究所成立三十周年庆祝典礼暨学术研讨会"，受聘为北大比较所学术顾问。

11月30日，赴上海多伦路，出席谢天振"文革"期间任教过的建江中学的学生杜勤明撰写的长篇小说《东滩》的新书发布会。

12月5日，出席在福建师范大学举办的中国比较文学青年学者论坛并作题为《学术研究与学术创新——兼论学术论文的写作与发表》的主旨发言。

12月6日，出席福建省比较文学学会年会。

12月8日，出席在上海外语教育出版社举办的主题为"外语学术出版之现状与趋势：问题与对策"的外语学术出版专家咨询会上外专场，并作了关于翻译研究的发言。

12月10日，在上海交通大学外国语学院作学术讲座。

12月17日，出席由上海外语教育出版社与中国外国文学学会、中国英汉语比较研究会共同举办的中国外语学术出版高峰论坛。

12 月 24 日,出席深圳大学外国语学院关于"学术研究与学术创新"的座谈会,并作题为"今天,让我们重新认识翻译"的讲座。

12 月 26 日,出席中国比较文学学会与深圳大学共同举办的"中国比较文学三十年与国际比较文学新格局"学术研讨会,并作题为《译介学:比较文学与翻译学的交汇》的大会发言。

2016 年　七十三岁

1 月 5 日,为复旦大学举办的比较文学研究生课讲授"导论:什么是比较文学"(与复旦大学李征教授、张华博士合作授课)。

1 月 6 日,为复旦大学举办的比较文学研究生课讲授"比较文学:基本范畴、最新进展及其发展前景"(单独授课)。

1 月 9 日,出席上海交通大学外国语学院主办的翻译研讨会。

1 月 13 日,发表《译者的权利与翻译的使命》(《文艺报》,2016年1月13日第007版:外国文艺)。

1月15日,参加上海翻译教指委会议。

2月2日,发表《翻译文学:经典是如何炼成的》(《文汇报》,2016年2月2日第011版:文艺百家)。

2月27日,东方电视台彭小莲来办公室采访并拍摄贾植芳先生生平纪录片。

3月21日,出席广西民族大学外国语学院年度工作座谈、广西民族大学外国语学院译介学团队座谈会。

3月22日,在广西民族大学作题为"翻译研究三题——从冯译《飞鸟集》谈起"的讲座。谢天振从引发广泛争议的冯唐译《飞鸟集》谈起,就"译者的权利和翻译的使命"、"翻译文学经典如何炼成"和"一代人有一代人的翻译"三个主要话题展开分析,阐释译介学的理论背景和现实意义。

3月24日,赴云南师范大学作题为"学术研究与学术创新"的讲座。

3月29日,出席上海外语教育出版社专家咨询会。上海外语教育出版社计划把该社改革开放以来出版的在外语界引用率最高的30本学术专著作为一套文库重新出版。谢天振作为这30本学术专著之一《译介学》的作者应邀出席这次专家咨询会。

3月30日，赴武汉为华中师范大学外国语学院师生作题为"学术研究与学术创新——兼谈学术论文的写作与发表"的讲座。

3月31日，出席在武汉大学召开的由教育部高等学校翻译专业教学协作组主办，武汉大学外国语学院承办的教育部高等学校翻译专业教学协作组2016年工作会议。

4月8日，在上海交通大学出席由《当代外语研究》编辑部主办、上海商学院外语学院承办的首届当代外语研究科研方法高端论坛，并作大会发言，从人工智能翻译的角度探讨译学研究与科技发展的高度融合，以及人工智能翻译给译学观念、方法、技巧所带来的挑战，并从冯唐所译《飞鸟集》被书店下架引起争议的现象切入，分析了原著、译者和译著所处时代背景的关系，提出了译者权利和译著使命的问题。

4月9日，出席上海师范大学举办的外国文学与翻译学学科建设讨论咨询会。

4月13日,接受《解放日报》记者王一采访,谈莎士比亚在中国的译介,访谈内容以《莎士比亚:中国了解西方文化的一把钥匙》为题,发表于4月22日《解放日报》第16版。

4月14日,赴郑州为华北水利水电大学外国语学院师生讲学。

4月15日,被洛阳师范学院聘为洛阳师范学院丝绸之路语言服务与研究中心学术委员会顾问,并为洛阳师范学院外国语学院师生作讲座,题为"学术研究与学术创新"。

4月16日,出席在洛阳师范学院蓓蕾剧场举行的"河南首届翻译技术高层论坛暨翻译技术高校联盟成立仪式"。会议由中国翻译协会指导,洛阳师范学院主办,河南华译教育咨询有限公司承办。谢天振作题为《从翻译服务到语言服务》的发言,分析当下社会文化发展背景以及文化贸易与文化产品的供给,阐述语言服务在中国对外经贸中的价值与意义,借此论证了语言服务的新理念,及在此框架下翻译人才培养与外语教学的改革与新策略。

4月28日,出席国际大学翻译学院联合会(CIUTI)亚太中心揭牌仪式暨研讨会。

5月8日,赴内蒙古通辽,与内蒙古民族大学外国语学院读书班师生对话。

5月9日,在内蒙古民族大学作题为"中国文学走出去:问题与实质"的讲座。

5月15日,在上海交通大学出席由其发起的第二届"何为翻译?——翻译的重新定位与定义"高层论坛,论坛由《中国翻译》和《东方翻译》编辑部联合主办,上海交通大学外国语学院承办。谢天振作题为《新时代语境下翻译观探索》的主旨发言。他指出:"当前翻译所处的时代语境发生了很大的变化,翻译的主流对象变了,不再是传统的宗教典籍和文学、社科名著,而是大量的实用文献,包括商业、经济、科技、国际组织和各国政府的文件等;翻译的方向变了,从历史上主要是'译入'(in-coming translation)发展为还有大量的'译出'(out-going translation);技术手段对翻译的参与更强了,在一些场合下,人工智能翻译正在甚至已经取代了人工翻译。"为此,就需要"积极探索新时代语境下的翻译观,让翻译为当今的中外文化交流作出切实有效的贡献"。

5月16日,赴成都出席"四川省高校外语科研培训会",会议由四川省社科联和上海外语教育出版社共同发起,在电子科技大学(成都)举行。谢天振作了题为《学术研究与学术创新——兼谈科研项目申报与写作》的主题报告。

6月6日,出席香港城市大学翻译论坛并作主旨发言《正视译介学的规律——兼谈国内围绕文化外译的几个认识误区》。

6月17日,出席在西安举行的第八届亚太翻译论坛的平行论坛Ⅲ-4"应用复合型翻译人才培养模式研究",并作题为《论职业化时代的翻译人才观》的发言。论坛期间,参加外语教学与研究出版社修订出版的《新世纪汉英大词典》(第二版)的发布仪式。

6月18日,继续出席第八届亚太翻译论坛,作为期刊主编参加圆桌会议三:"翻译研究:新时代 新挑战 新趋向"。

6月19日,在西安翻译学院作题为"翻译研究三题"的学术讲座。

6月25日,出席在广东外语外贸大学举行的"跨语言、跨文化、跨学科的理论旅行——第二届现代斯拉夫文论与比较诗学国际研讨会",并代表中国比较文学学会用俄语致辞,从俄国形式主义对世界现代文论的开创性贡献入手,深入阐述了此次会议的意义和价值。

7月2日,赴甘肃张掖,出席在河西学院举行的"贾植芳与中国新文学传承国际学术研讨会",在大会开幕式上致辞并作题为《贾植芳与中国比较文学在新时期的重新崛起》的主旨发言。在发言中,他深情回顾了与贾植芳先生三十余年的忘年之交,并以亲身经历阐述了贾植芳先生为中国比较文学在新时期的重新崛起所作出的巨大贡献。

7月12日,在上外高翻学院基地暑期"翻译研究与教学"高级研修班讲学,题为"翻译理念的历史与发展"。

7月14日,在南开大学作题为《国内译学界围绕中国文化走出去的几个认识误区》的学术报告。在天津外国语大学作题为"学术研究与学术创新——兼谈学术论文的写作与发表"的学术讲座。

8月4日,出席上海外语教育出版社在扬州举行的

"外教社 2016 年暑期全国高校外语教师发展论坛"并作主旨报告《学术研究与学术论文的写作和发表》。

8 月 11 日,就傅雷翻译接受《三联生活周刊》李翔的采访。访谈内容以《翻译家傅雷:从罗曼·罗兰到巴尔扎克》为题,刊登于《三联生活周刊》2016 年第 34 期。

8 月 20 日,出席在哈尔滨召开的由全国翻译专业学位研究生教育指导委员会主办、黑龙江大学承办的第三届全国翻译专业学位研究生教育指导委员会第一次工作会议,同时被聘为第三届全国翻译专业学位研究生教育指导委员会委员。

同月,论文《中国文学走出去:问题与实质》被收入《向世界讲好中国故事——文化外交官高级研修教程》①。

9 月 6 日,出席上海翻译教指委会议。

9 月 8 日,在吉林师范大学和长春师范大学讲学,作题为"今天,让我们重新认识翻译"的学术讲座。

9 月 11 日,在广州中山大学讲学,讲座题为"学术研

----

① 陈圣来主编:《向世界讲好中国故事——文化外交官高级研修教程》,上海:上海社会科学院出版社,2016 年。

究与学术创新——兼谈学术论文的写作与发表"。

10月9日至18日，应邀赴西班牙格拉纳达大学出席格拉纳达大学孔子学院和翻译系共同主持的国际翻译研讨会。

10月11日，利用开会前两天的自由时间，谢天振雇车专程去往古城托莱多寻访13世纪时西方翻译史上欧洲著名的文化交流中心托莱多翻译院遗迹。在当地导游的帮助下，终于找到了托莱多翻译院。他惊喜地发现，翻译院至今仍在运作，只是其现今业务主要集中在阿拉伯语—西班牙语之间的笔译训练。现任院长路易斯·米盖尔·P.坎纳达（Luis Miguel P. Canada）先生听说谢天振教授到访，也非常热情地出来会见谢教授，并向谢教授介绍了翻译院目前的状况。

10月13日，在格拉纳达大学国际会议上作主旨发言《翻译的职业化时代：变化与挑战》，通过对中西翻译史的简要回顾和梳理，揭示翻译职业化时代来临的历史原因及其基本特征，同时探讨我们今天该如何应对翻译职业化时代的种种挑战。

10月22日，出席在石家庄召开的"翻译与现代中国"学术研讨会,会议由河北师范大学文学院、中国社会科学院文学研究所、中国比较文学学会翻译研究会联合主办,谢天振作主题发言《翻译史研究:揭示译学理念的演变规律》。

10月28日,出席在上海外国语大学高级翻译学院举行的国际大学翻译学院联合会(CIUTI)亚太办公室揭牌仪式暨第一次会议。

11月8日,在上海师范大学文学院讲学,题为"今天,让我们重新认识翻译"。

11月10日,在北京语言文化大学讲学,作题为"今天,让我们重新认识翻译——从2015年国际翻译日主题谈起"的讲座。

11月19日,赴哈尔滨出席黑龙江大学举行的2016年全国外国语言文学博士研究生论坛,并以《博士论文写作三意识》为题作主旨报告,着重分析学位论文写作时必须具备的问题意识、理论意识和创新意识。

11月20日,在黑龙江大学俄语学院作题为"今天,让我们重新认识翻译"的学术讲座。

11月29日,出席"谢天振比较文学译介学研究资料中心揭牌仪式暨比较文学译介学研讨会"。会议由广西民族大学举办,来自海内外高校和研究机构的100多位代表参加了揭牌仪式和研讨会,与会的学者包括杨武能、孟华、刘象愚、王宁、曹顺庆、许钧、黄友义、仲伟合、廖七一、赵稀方、董洪川、柴明颖、宋炳辉、史志康等,以及外语教学与研究出版社总编徐建忠,北京大学出版社外语室主任张冰,《外国文艺》正副主编吴洪、李玉瑶等重要出版机构和刊物的负责人。

在上午的三场主题发言中,许钧、廖七一和宋炳辉三位教授分别以《译介学理论:向国际译学界发出中国人的声音》、《译介学与中国翻译批评话语的构建》和《译介学:开拓翻译研究新视野》为题,回顾了谢天振教授创立中国比较文学译介学的历史和发展,介绍了其理论在比较文学和翻译学等领域产生的深刻影响。主题发言结束后,各位与会代表参观了"谢天振比较文学译介学研究资料中心"。

12月2日,出席在云南师范大学举行的"'翻译的最新发展和翻译的未来'高层论坛暨中国比较文学学会翻译研究会第12届年会",会议由中国比较文学学会翻译研究会、中国翻译协会翻译理论与翻译教学委员会、教育部全国翻译专业学位研究生教育指导委员会和《东方翻译》编辑部联合主办。在题为《正视文化外译的规律——兼谈围绕中国文学走出去的几个误区》的主旨报告中,谢天振从"中西翻译史主要是一部译入史"等五个共识前提说起,分析了"译入与译出的差异"等国内译学界围绕文化外译存在的认识误区。

是年,在广西民族大学外国语学院招收比较文学译介学博士研究生夏维红。

2017 年　七十四岁

1月4日,参加广西民族大学覃修桂教授的博士生开题答辩会,参加者另有四川外国语大学的王寅教授等。

同月,在广西北海家中编第二本个人学术散文集《海上杂谈》。"2017 年 1 月,我在广西北海过冬。北海的冬天温暖如春,我住的地方临近海滨,海风吹来,空气特别清新。我们的小区又远离市区,除了偶尔有几位朋友造访外,基本没有外人打扰,所以显得分外清静。我于是利用这段时间，把我以前在报纸、杂志上发表过的一些学术散文、随笔类的文章整理出来。由于前几年我在复旦大学出版社刚刚出版过一本同样性质的文集《海上译谭》，所以这次编起来也就比较有经验，速度也比较快。"[1]

4月5日，在澳门大学葡萄牙语系作题为《学术研究与学术创新：译介学与翻译研究新视野》的讲演。

当天中午，与澳门比较文学学会会长龚刚教授，香港大学比较文学系前主任黄德伟及其夫人张泽珣，澳门大学翻译系张美芳教授，澳门大学葡萄牙语系主任姚京明教授等共进午餐。

4月6日，在澳门大学葡萄牙语系作题为《今天，让我们重新认识翻译》的讲座。

4月10日，在沈阳师范大学外国语学院作题为《学术研究与学术论文的写作与发表》的学术报告。

4月14日，出席上海交通大学外国语学院"MTI深化综合改革项目"评审会，到会的还有黄友义、许钧、仲伟合和赵军峰等。

---

[1] 谢天振："自序"，《海上杂谈》，香港：香港城市大学出版社，2018年版。

4月15日,出席在同济大学召开的全国翻译专业学位研究生教育指导委员会2017年年会暨翻译硕士专业学位(MTI)教育十周年纪念大会。

4月20日,在常州理工大学作题为"学术研究与学术创新——兼谈学术论文的写作与发表"的讲座。

4月24日,为上外师生作题为"学术研究与学术创新——兼谈学术论文的写作与发表"的讲座。作为《中国比较文学》和《东方翻译》的主编,同时也是国内译介学研究最早的倡导者和实践者,谢天振通过译介学研究个案,结合学术创新的基本目标,分析学术研究中的创新之路,也就如何在学术期刊上发表论文为青年师生提供最直接的参考意见。

5月7日,出席"当代译介学研究趋势"圆桌研讨会,研讨会由上海外国语大学高级翻译学院译学理论系主办,《东方翻译》编辑部和中国比较文学学会翻译研究会协办。谢天振为论坛作总结发言。

5月12日,赴天津与南开大学外国语学院博士生对话学术论文的写作。

5月13日至14日,出席"全国高校国际汉学与中华文化外译学术研讨会",会议由南开大学外国语学院中华文化国际传播中心、北京外国语大学国际中国文化研究院主办。谢天振致开幕词并作大会主旨发言,谈重新认识严复的"信达雅"思想。

6月1日,主持上海外国语大学郑体武教授的博士生的论文答辩。

6月2日至3日,出席在兰州召开的"教育部高等学校翻译专业教学协作组2017年工作会议暨第13届全国翻译院系负责人联席会议"。

6月5日,应邀在西安翻译学院作题为"严复:中国目的论翻译思想的先驱——重读中国翻译思想史"的讲座,并主持西安翻译学院读书班的讨论。

6月10日,赴广西民族大学出席"第二届翻译学前沿论坛暨外国语言文学学科博士点建设研讨会",并作主旨发言《文化外译理论探索》。

6月11日,出席由广西翻译协会主办、广西民族大学承办的"第二届广西译协MTI协作与教学研讨会暨MTI研究生论坛",并作题为《再释"信达雅"——文化外译理论探索》的学术报告。

6月29日,出席香港城市大学翻译研讨会,并作题为《严复:中国目的论翻译思想的先驱——再释"信达雅"》的发言。

7月17日,赴哈尔滨出席"全国高校第三届俄语翻译硕士(MTI)人才培养教学与研究"学术研讨会,并作题为《文化外译理论探索》的主旨发言。

7月21日,作为特邀评审专家赴嘉兴参加浙江省社科优秀成果奖的评审。

7月23日,出席上海师范大学国家重点学科比较文学与世界文学主办的"首届外国文学与文学翻译研究新思路青年学者峰会"并作主旨发言《文化外译理论建设探讨》。内容包括三个方面:其一,历史的启示(对佛经翻译和传教士翻译的反思);其二,再释"信达雅"(对国内译学界百余年来对"信达雅"的误读、误解、误释进行重新阐释);其三,对国内译界围绕文化外译问题的几个认识误区进行辨析。

7月24日,出席上海师范大学朱振武教授主持的国家重点项目"西方汉学家英译中国文学:策略与问题"的开题评审。

7月26日，应邀在网上评审江苏省优秀社会科学研究成果奖。

8月11日，与复旦大学出版社孙晶签署《翻译的理论建构与文化透视》一书的出版合同。

8月18日，出席在河南大学举行的中国比较文学学会第12届年会暨国际学术研讨会，并作题为《回到严复：再释"信达雅"——兼论文化外译理论的探索与建设》的主旨发言，指出一百多年来国内翻译界不少学者脱离严复提出"信达雅"的具体语境，简单地把"信达雅"奉为一切翻译的标准，并在此基础上营造出一个似是而非的翻译理念，偏离翻译的跨文化交际本质，误导国内翻译界的翻译理论与实践。

同日，被中国比较文学学会海外汉学研究会聘为学会学术顾问。

8月21日，出席上海书展主题活动——由华东理工大学出版社主持的与上海师范大学朱振武教授的对谈："中华文化'走出去'，汉学家的功与过——名家对谈"。

9月22日，在广西民族大学作题为"回到严复：再释'信达雅'——对中国翻译思想史的一个反思"的讲座。

9月29日，赴内蒙古通辽市，出席卢国荣教授承担的国家社科项目开题会，同时与内蒙古民族大学教师和研究生座谈。晚上出席内蒙古民族大学第七届音乐会。

9月30日，出席由上海师范大学国家重点学科比较文学与世界文学学科点、内蒙古民族大学外国语学院联合主办的"首届中外民族/族裔文学文化研究与翻译高端论坛"，发表主旨演讲《回到严复：再释"信达雅"》。

10月12日，赴北京应邀为2017年文化部"讲好中国故事"高级外交官研修班与新任处长培训班开设专题讲座"中国文化走出去：问题与思考"。

10月14日，赴辽宁沈阳出席沈阳师范大学外国语学院承办的中国比较文学学会翻译研究会第十三届年会"大数据时代下的翻译"高层论坛。会议由中国比较文学学会翻译研究会、中国翻译协会翻译理论与翻译教学委员会、教育部全国翻译专业学位研究生教育指导委员会、《东方翻译》编辑部等联合主办。谢天振致大会开幕词并作题为《回到严复：再释"信达雅"——对中国翻译思想史的一个反思》的大会主旨发言。

10月17日，赴山东青岛，在中国海洋大学外国语学院讲学,作题为"今天,让我们重新认识翻译——兼谈翻译的重新定位与定义"的学术讲座。

10月18日,应邀在青岛大学外语学院作题为《今天,让我们重新认识翻译——兼谈翻译的重新定位与定义》的学术报告。

10月19日,应邀在青岛科技大学作题为《学术研究与学术创新——兼谈学术论文的写作与发表》的学术报告。

10月21日,应邀赴杭州出席浙江省外国文学年会,并作题为《今天,让我们重新认识翻译——兼谈翻译的重新定位与定义》的主旨发言。

10月25日,应邀赴南昌为江西财经大学外国语学院师生作题为"学术研究与学术创新——兼谈学术论文的写作与发表"的学术讲座。

10月27日,出席上海交通大学举办的中国外国文学学会比较文学与跨文化研究分会成立大会,并作主旨发言《外国文学研究的中国"魂"——探索学术研究的中国话语》。

10月28日,出席由《中国比较文学》编辑部、上海市比较文学研究会、上海外国语大学文学研究院联合主办的"跨文化语境下的华语电影"国际学术研讨会并致开幕词。

10月29日,赴西安出席在西安外国语大学长安校区举办的"全国高校外语骨干教师高级研修班",并作题为"外国语言文学研究选题的应用取向"、"学术研究与创新——兼谈学术论文的发表"和"译介学与翻译研究新视野"的三个学术讲座。研修班由上海外国语大学中国外语教材与教法研究中心、上海外语教育出版社教育培训中心与西安外国语大学教务处联合主办。

10月30日,与西安翻译学院青年教师座谈并指导西安翻译学院科研读书班。

11月5日,出席上海交通大学举办的第四届全国翻译学博士论坛并作题为《学位论文写作三意识——从答辩委员的角度谈》的主旨发言,再次强调"问题意识"、"理论意识"、"创新意识"在学位论文写作中的重要作用和意义。

11月11日,出席复旦大学中文系及文学翻译研究中心举办的"傅光明新译莎剧出版座谈会"和"莎士比亚跨文化解读研讨会",会议由天津人民出版社、《中国比较文学》杂志、《文学》集刊和《复旦谈译录》集刊等联合举办。在发言中以"我们上一代人读林译严译,我们这一代人读傅雷、朱生豪,我们下一代人读谁的翻译?"这一问题为切入点,分析文学经典重译的必要性及相关策略问题。

11月15日,为上海海事大学外国语学院师生作题为"学术研究与学术创新——兼谈学术论文的写作与发表"的讲座。

11月19日,赴广西桂林出席广西师范大学外国语学院承办的"中西部译协共同体首届翻译研究与教学研讨会暨研究生学术论坛",作主旨发言《回到严复:再释"信达雅"——对中国翻译思想史的一个反思》。

11月21日,应邀做客"同济外文讲坛",为同济大学外国语学院师生作题为《学术研究与学术创新——兼谈学术论文的写作和发表》的学术报告。

11月22日,应邀赴杭州为中国计量大学外国语学院作题为"译介学与翻译研究新视野"的讲座。

11月24日,出席上海翻译教指委会议。

11月28日,为上海外国语大学全校博士生作题为"学术研究与学术创新——兼谈学术论文的写作与发表"

的学术讲座。

11月30日,赴北京出席在新疆大厦举行的中国翻译协会七届二次全国理事会议。

12月2日,出席在北京新疆大厦举行的2017中国翻译协会年会。在"中国当代翻译理论的建构与发展"专题论坛作题为《回到严复:再释"信达雅"——对中国翻译思想史的一个反思》的主旨报告。

12月9日,出席上海交通大学外国语学院举行的"比较文学与跨文化研究翻译学路径"研讨会并作主旨发言。会议由上海商学院外语学院和上海交通大学外国语学院主办,《当代外语研究》杂志社和上海交通大学出版社承办。

12月15日,出席浙江大学外国语言文化与国际交流学院高层学术论坛,并作主旨发言《译介学与翻译研究新视野》。

12月16日,出席上海市比较文学研究会会长、秘书长工作会议。

12月22日,赴广西百色出席百色学院有关广西少数民族文学外译的学术会议,并就少数民族典籍外译问题作主旨发言。

是年,在广西民族大学外国语学院招收比较文学译介学博士研究生张静。

2018 年　七十五岁

1月4日,上午出席澳门大学艺术系副教授、天津"泥人张"传人张泽珣艺术史讲座。下午主持香港大学比较文学系前主任黄德伟教授与广西民族大学外国语学院(以下简称:民大外院)青年教师、硕博士研究生学术座谈会。黄德伟夫妇是谢天振教授建议广西民大外院邀请的。

1月5日,出席黄德伟教授为广西民族大学所作的学术讲座。

1月8日,与广西民大外院领导班子张旭、刘雪芹、覃修桂教授商谈广西民大外院的学科建设等问题。

1月12日,收到《国际比较文学》(中英文)编辑部来函,邀请其担任该刊学术委员。

1月15日,审阅即将由香港城市大学出版社出版的个人学术散文集《海上杂谈》校样,同日将为该书撰写的自序稿发给香港城市大学出版社。这是谢天振继《海上译谭》后推出的又一本个人学术散文随笔集。

1月18日,赴珠海,出席由北京外国语大学《外语教学与研究》编辑部主办的"中外文化交流研究专题研讨会"并作主旨发言《文化外译:中外文化交流的新课题》。

1月25日,与南开大学出版社社长一行三人洽谈"文化外译理论与实践研究"丛书的合作出版事宜。

2月19日,将云南大学《学问》集刊"译介学研究"小辑的稿件发给林建法。

同月,在《东方翻译》第1期发表特稿《川味〈茶馆〉与文化外译》。谢天振认为,作为当前时代语境下的一个新课题,文化外译与两千多年来以宗教典籍、文化经典、文学名著为主要翻译对象的文化译入有着多方面的差异。如果我们不跳出传统的文学翻译思维习惯,只是简单地套用译入实践的经验乃至标准去审视和评价当前文化外译的行为和现象,那么必定不可能对文化外译有全面、深刻的认识。在这方面,川味《茶馆》给我们带来了如下启示:一定要学会用接受语境所喜闻乐见的语言和表述方式讲自己的故事,才有可能让你的故事被观众、听众和读者接受。戏剧改编如此,文化外译更是如此。

3月7日,应邀赴深圳为南方科技大学人文名家系列讲座作第一讲"今天,让我们重新认识翻译"。

3月19日,刘雪芹陪同应邀来广西民族大学讲学的联合国日内瓦会议总部翻译司李正仁先生访问谢天振办公室,李与谢是多年好友,谢天振利用这次机会向李正仁约稿,写其在联合国的翻译生涯回忆。

3月21日,与黄天源、张静一起去看望漓江出版社前总编刘硕良先生并安排张静对刘先生进行采访,为其博士论文做前期准备。

3月22日,与广西民大外院领导班子张旭、刘雪芹、覃修桂教授一起商谈关于邀请香港浸会大学卢丹怀教授,上海交通大学胡开宝、彭青龙教授来广西民族大学讲学的事宜,以及年底在广西民族大学举行的外国文学学科建设研讨会等事宜。

3月30日,应邀赴成都参加电子科技大学外国语学院新增专业评审,进行学术研究指导,并为该院师生作学术讲座"今天,让我们重新认识翻译——兼谈翻译的重新定位与定义"。谢天振以人工智能 AlphaGo 战胜世界顶级棋手为例,引发对翻译未来的思考,描绘人工智能翻译的现状与未来。通过梳理翻译定义的由来,指出随着近几十年来翻译活动和翻译行为内涵的不断变化和拓展,随着国际互联网时代和翻译职业化时代的来临以及翻译手段、方式方法等的变化,我们需要更新对翻译的认识。他具体分析了当今翻译活动的变化以及翻译工作者所面临的挑战,并在此基础上探讨翻译专业的师生该如何紧跟当前翻译所处时代语境的变化,刷新对翻译的认识。

3月,上一年10月12日受邀为2017年文化部"讲好中国故事"高级外交官研修班与新任处长培训班所作的专题讲座"中国文化走出去:问题与思考",在整理成文后,被收入上海文化发展系列蓝皮书《上海文化交流发展报告(2018)》(主编荣跃明,执行主编饶先来、李艳丽,上海人民出版社、上海书店出版社联合出版,2018年3月)。

4月2日,在四川大学外国语学院作题为"译介学与翻译研究新视野"的学术讲座。他与川大外院的师生回顾了自己走上译介学研究之路的偶然性与必然性。谢天振认为,要发现并提出译介学理论必须具备三个方面的学术背景:一是外语和翻译理论的背景,二是中国文学文化的背景,三是比较文学学科理论的背景。他鼓励想要投身译介学理论研究的同学要有意识地培养自己上述三方面的能力。

4月3日,与四川大学文学与新闻学院师生座谈"学术研究与学术创新——兼谈学术论文的写作与发表"。

4月7日,出席在上海师范大学举行的《郑克鲁文集》发布会暨郑克鲁学术与翻译思想研讨会,并作大会主旨发言。

4月10日,应邀为上海理工大学外语学院作题为"译介学与外语学科建设新方向"的学术讲座。

4月13日,应邀为中国人民解放军信息工程大学洛阳外国语学院(原洛阳军外)作"今天,让我们重新认识翻译"的学术讲座。

4月14日,出席洛阳外国语学院主办的"孙致礼翻译思想暨翻译教学研讨会"并作大会主旨发言《孙致礼与我国英美文学翻译史的建设》。

4月15日,在《东方翻译》第2期发表《郑克鲁教授印象记》,高度评价郑克鲁教授以超人的毅力和精力,在学术研究、外国文学教学研究和法国文学译介等几个领域同时取得的丰硕成果和作出的巨大贡献。

同期《东方翻译》还发表了谢天振《译介学导论》(第二版)的序与跋。

4月16日,在洛阳师范学院讲学"今天,让我们重新认识翻译"。

4月17日,河南师范大学主管科研的副校长向谢天振颁发河南师范大学兼职教授的聘书。

4月21日,参加上海市比较文学研究会正副会长会议,商讨年会及换届选举事宜。

5月8日,应邀在中央民族大学外国语学院讲学"今天,让我们重新认识翻译"。

5月9日,应北京外国语大学比较文明与人文交流高等研究院张西平教授邀请,为北京外国语大学的博士生讲授"学术研究方法论",并作关于中国文化"走出去"的专题讲座。

5月10日,与北京外国语大学英语学院博士生座谈"如何写作学位论文",并作讲座"译介学与翻译研究新视野"。

5月16日,出席广西民大外院第一期博士学术沙龙。

5月17日至18日,出席在四川外国语大学举行的教育部全国翻译专业本科教学协作组会议。

5月22日,谢天振主持在广西民族大学举办的"人文学科学术研究方法论漫谈",特邀嘉宾为美国加州州立大学长滩分校谢天蔚教授和香港浸会大学卢丹怀教授。

5月23日,在桂林理工大学外国语学院讲学,题为"今天,让我们重新认识翻译"。谢天振运用译介学理论,通过一系列生动有趣的翻译个案,向听众揭示翻译的本质及其面貌,并在此基础上探讨该如何紧跟当前翻译所处时代语境的变化,对翻译进行重新认识。

5月27日,参加上海外国语大学俄语系郑体武教授的博士生的论文答辩。

5月31日,《比较文学与比较文化学论著精选》(陈瑞红主编,中国社会科学出版社,2018年)收录谢天振论文《论文学翻译的创造性叛逆》。

6月4日,受邀参加上海大学陈晓兰教授的首届比较文学专业博士生论文答辩。

6月7日,在内蒙古大学外国语学院作讲座"今天,让我们重新认识翻译"。

6月8日,参加在内蒙古大学举办的全国翻译专业学位研究生教育指导委员会工作会议,评估组长汇报各组情况,交换对评估的观点。

6月14日,应邀担任华东师范大学引进人才(紫江学者)评委主席,主持当天下午对应聘人的面试。

6月15日,韦锦泽在《东方翻译》第3期上发表《学术散文本色:且听〈海上杂谈〉》。文章指出,作为郑培凯教授主编的"青青子衿"系列丛书之一,谢天振教授这本学术散文集《海上杂谈》表现出很强的学理性和文学感染力。文集中的文章一方面关注翻译学、文学领域内的相关问题,抓住本质分析现象,颇具思想深度,另一方面又能兼顾散文的文学情趣,做到情理交融,感染读者,尽显"学术散文"本色。

6月16日,赴浙江大学参加"新时代文学翻译的使命——文学翻译名家高峰论坛",主持"文学翻译大家谈"议程,并作主旨发言。

6月18日，参加在上海外国语大学高翻学院举行的2018年译介学圆桌论坛。

6月21日，受教育部全国翻译专业学位研究生教指委委托，与复旦大学卢丽安教授、中南大学李清平教授组成三人考察组，到广东工业大学外国语学院实地考察评估该校翻译专业研究生学位点教学和学科建设情况。

6月23日至24日，出席中国比较文学学会海外汉学研究会、上海外国语大学英语学院、北京外国语大学比较文明与人文交流高等研究院联合主办的"全国高校国际汉学与中国文化外译"学术研讨会，并作大会主旨发言《文化外译：中外文化交流的新课题》。谢天振指出，近年来，随着中国文学、文化"走出去"一事成为举国上下关心的大事，文化外译的问题也引起了国内学术界、文化界，尤其是翻译界的高度重视，成为中国文化交流研究的一个新课题。然而国内学界围绕"走出去"还是存在着一些认识问题，主要有"话语权"的问题、"彼此尊重"的问题和"翻译要忠实原文"的问题。谢天振运用译介学理论对这三个问题逐一进行分析，提出了自己的观点。

在会上，谢天振被聘为中国比较文学学会海外汉学研究会学术顾问。

在会后,接受《文汇报》记者关于翻译文学的采访。谢天振告诉记者,以所谓的"经得起看经得起读"作为优秀翻译文学作品的标准是发现不了真正优秀的翻译文学作品的。优秀的翻译文学作品就应该有自己的"腔调",优秀的译者就应该追求自己的"调调",这才是"艺术的再创造"。

6月24日,参加上海市比较文学研究会理事会,讨论换届选举、研究会年会等事宜。

7月6日,参加上外高翻博士生答辩。当天,还与上外李岩松校长面谈《中国比较文学》办刊及其他事宜。

7月21日,应邀出席在秦皇岛举办的第二届人文学科评价、课题申请及学术论文写作研讨会,并作主旨发言《学术研究与学术创新——兼谈学术论文的写作与发表》,针对人文学科的评价标准、学术论文写作以及课题申请等问题进行了讲解。

7月31日,出席在大连举办的2018中国比较文学青年学者论坛,并作主旨发言《目标始终如一——我的治学道路回顾》。在发言中,谢天振回顾了自己几十年来从事比较文学译介学和翻译研究的经历。谈到自己多年从事研究的感悟和体会时，他表示，要认准自己的人生目标，目标要始终如一；做学问"学术面目要清"，要耐得住寂寞，沉得下心，舍得花死工夫，克服"网络依赖症"，要认清学术研究的正道，不要急功近利。

8月15日，在《东方翻译》第4期发表特稿《网络时代文学翻译的命运》。文章指出，充满了崇高与美的文学形象和意境的外国文学经典作品，它的价值和意义是永恒的，是不可替代的。我们的文学翻译家有没有可能带着他们的翻译文学作品走进校园，走近读者，让今天的青年人认识和了解文学翻译作品里崇高与美的主题和形象，从而能爱上文学翻译作品？这是今天的文学翻译家所面对的时代使命和要求。

8月25日，应邀在"上海师范大学外国文学研究中心成立揭牌仪式暨首届非洲英语文学研讨会"上讲话。谢天振说，我国的外国文学研究到了一个新的外国语言文学学科建设发展阶段，即跳出国别、语种的界限，确立世界文学和比较文学的眼光，而非洲英语文学研究的提出正好打破了原有学科分界的局限。

9月14日,在广西民族大学主持廖七一教授为广西民族大学所作的学术讲座"严译术语为何被日语译名所取代?"。

9月27日,为上外高翻博士生开设学术研究方法论系列讲座之一。

9月30日,在日本大阪孔子学院"最平正的道路——中日现代文学的国际化与本地化"国际学术会议上致开幕辞,并作主旨发言《本地化:文化交流的基本规律——兼谈两种认识误区》。会议由上海外国语大学文学研究院、《中国比较文学》编辑部和大阪产业大学共同举办。

10月9日,在中国社科院文学研究所讲学,题为"译介学与中国现当代文学研究"。

10月10日,出席中国社科院文学研究所"中国翻译文学史研讨会暨《翻译与现代中国》发布会",会议围绕赵稀方教授新著《翻译与现代中国》展开讨论。谢天振主持第一场发言并作第二场的主题发言。谢天振教授指出,文化意义上的翻译研究其实出现在各个不同领域,翻译文学史已经到了突破和延展的时机。这次"重写翻译史"，意义不亚于他当年参与的《上海文论》的"重写文学史"。

10月12日，赴西安出席中国比较文学学会翻译研究会理事会。

10月13日，出席中国比较文学学会翻译研究会在西安外国语大学举办的年会"新时代语境下翻译研究与外语学科建设新方向"，并作主旨发言《展示别一样的风景——重写翻译史遐想》。同时应邀出席陕西文化对外译介与传播研究中心启动仪式，被聘为西安外国语大学陕西文化对外译介与传播研究中心特聘顾问，并应邀出席陕西文化传播与译介学论坛、"话说陕西"文化研究多领域研讨会。

10月15日，在《东方翻译》第5期上与许钧合作发表《新时代文学翻译的使命——"浙江大学文学翻译名家高峰论坛"纪要》。这是2018年6月16日，浙江大学中华译学馆举办的"新时代文学翻译的使命——文学翻译名家高峰论坛"的会议纪要。论坛特邀11位国内著名的作家、翻译家、翻译理论家相聚浙江大学紫金港校区，畅谈各自的文学翻译理念与感悟。与会者除许钧、谢天振教授外,还有茅盾文学奖获得者毕飞宇先生,村上春树作品的译者、中国海洋大学教授林少华,《哈利·波特》系列译者马爱农女士,文学翻译出版家王理行先生,法国文学翻译家袁筱一教授,《浙江日报》高级记者文敏女士,浙江大学吴笛、郭国良教授,以及上海师范大学朱振武教授。

10月18日,为上外高翻博士生作学术研究方法论系列讲座之二。

10月20日,出席上海市比较文学研究会年会并致开幕辞。

10月26日,为广东工业大学外国语学院讲学,题为"今天,让我们重新认识翻译"。讲座以"重新认识翻译"为主线,讨论了三个问题:其一,当代翻译实践的主要特点和"重新认识翻译"的现实必要性;其二,传统翻译定义的局限和"重新认识翻译"的理论必要性;其三,重新定义翻译时需考虑的潜在新维度。

10月29日,在上海师范大学比较文学中心讲学,题为"而今从头说严林——对中国翻译思想史的一个反思"。谢天振指出,一百余年来,国内翻译界、学术界对严复的翻译理念都存在误解,严复"信达雅"说的初心并不是标举"信",而是"达"。他认为,"达"甚至可以视作当代目的论、功能论翻译思想的先声。谢天振提出"从头说严林,重写翻译史",目的是希望重新定位和评价历史上的翻译家和翻译活动,重新梳理和认识中国传统翻译思想的发展脉络,从中汲取有益的思想资源,推进中国当代译学理论的建设。

10月31日,应邀为杭州师范大学外语学院讲学,题为"译介学与翻译研究新视野"。谢天振指出,当前外国语言文学学科建设面临着大变化,学者们需要跳出语种国别的局限,跨越传统学科的界限,确立跨语言、跨学科的研究意识。他指出,译介学研究与当代国际翻译界的文化转向实质不谋而合,秉承的理念正是超越文本、超越翻译。

11月4日,应邀出席在上海书城举行的《译林》杂志、译林出版社创始人李景端先生的《译林四十年》新书发布会并讲话。

11月7日,为上外高翻学院博士生作学术研究方法论系列讲座之三。

11月10日,出席浙江大学"新时代中国文学译介与传播高峰论坛暨浙江大学中华译学馆成立大会",当晚主持作家苏童与翻译家许钧"关于文学创作与译介"的对话。

11月11日,出席浙江大学比较诗学研究中心主办的"改革开放四十年与比较文学新时代"论坛,并出席在浙江大学举行的中国比较文学学会常务理事会扩大会。

11月16日,出席南京师范大学《中华人文》编辑部主办的"呈现与再现:中国文化走向世界"国际学术研讨会。谢天振在论述中国文学的对外译介时谈到,我们有必要高度重视接受语境的特点,要关注接受群体的阅读习惯和审美趣味。这并非是对西方读者的"曲意逢迎",也不是我们在中国文化对外译介中丧失话语权的表现,因为文化外译不同于对外宣传,它的重要性不在于去争什么"话语权",而是要由此培养起国外读者对中国文化的兴趣和爱好。

11月24日,在广西民族大学参加"机遇与挑战——外国语言文学学科建设高端研讨会"。在会上谢天振回顾了翻译专业本科和翻译专业硕士的学科建设历史,认为要警惕当前外语界有人提出的"去人文学科化"的倾向，号召大家重视人文课程与文学作品在陶冶情操方面的作用。

12月1日，赴南京出席东南大学举办的南京翻译家协会2018年年会暨学术研讨会，并作大会主旨报告《而今从头说严林——对中国翻译思想史的一个反思》。

12月2日，自南京转赴北京，出席北京外国语大学主办的"新时代翻译实践与教学研讨会"，并作主旨发言《而今从头说严林——对中国翻译思想史的一个反思》。发言认为，陆建德的文章《"二三流者"的非凡意义——略说林译小说中的通俗作品》也具有"非凡意义"：其一，陆文从历史、社会、文化语境出发，重新审视林纾的翻译动机，为林纾及其翻译的通俗文学正名；其二，陆文实际上还提供了一篇译介学研究范文，译介学不仅关注源语文学文化在另一国的译介、传播和接受，更要揭示文学文化跨语际、跨民族、跨文化的交流和影响关系。这篇文章引导读者从译介学角度重新审视中国翻译史上的作家和作品，给予他们应有的公正评价。

12月15日，在《东方翻译》第6期发表《陆建德论林译"二三流者"作品的非凡意义》。

12月17日,出席上海市作家协会第十次会员大会。

12月21日,在《中国新闻出版广电报》发表书评《展示翻译研究成果》,对《改革开放以来中国翻译研究概论(1978—2018)》(湖北教育出版社,2018年)一书给予高度评价。

12月24日,美国加州州立大学奇科分校英语系主任张爱平教授访问广西民族大学,并参观访问谢天振比较文学译介学研究资料中心,谢天振在资料中心接待张教授并与其叙谈。

12月25日,出席张爱平教授在广西民族大学外国语学院的学术讲座。

是年,在广西民族大学外语学院招收比较文学译介学博士研究生蓝岚。

附录

谢天振著述编目

一、学术著作

（一）个人专著

《比较文学与翻译研究》

收入"新知丛刊"（第 1033）。

台北业强出版社 1994 年版。

责任编辑：朱淑芬、赖桂枝

序　贾植芳

前言

第一章　中国比较文学：危机与转机

第二章　中国比较文学的新走向

第三章　《中国比较文学》：面对下一个十年

第四章　几个有待深入研究的课题

第五章　没有"比较"的比较文学

第六章　文类学的研究范围、对象和方法初探

第七章　论主题学研究

第八章　寻求新的起点——评台港比较文学研究

第九章　苏联比较文学：历史、现状和特点

第十章　东欧比较文学研究述评

《译介学》

上海外语教育出版社 1999 年版。

责任编辑：岳永红

《译介学》（增订本）

收入"译林学论丛书"，内封标注"中国第一本译介学专著"。

译林出版社 2013 年版。

责任编辑：王振华

相比上海外语教育出版社出版的《译介学》，增加或修订的篇目为：

1. 译介学：比较文学与翻译研究新视野（代自序）。

此文为作者 2004 年 12 月提交台湾师范大学举行的翻译教学与研究年会的书面发言稿（因故未能赴会）。"简明扼要地描述了作者的译介学研究过程及相应的主要学术观点。作者对该发言稿略做压缩和改动，作为增订本的代自序，希望有助于读者快捷地了解本书的背景及主要观点"（作者自注）。

2. 第四章第三节　翻译研究与文化研究的交汇

3. 第六章第三节　翻译文学史：探索与实践

4. 附录二　本书书、报、刊名中外文对照表

5. 将原版附录二改为：附录三　译介学研究推荐书目

《译介学导论》

收入"21 世纪比较文学系列教材"。

丛书主编：严绍璗。也是"普通高等教育'十一五'国家级规划教材"。

北京大学出版社 2007 年版。

责任编辑：兰婷

绪论　比较文学视野中的翻译研究

第一章　翻译研究的文学传统和当代译学的文化转向——译介学诞生的历史背景

第二章　译学观念的现代化与国内译学界认识上的误

《译介学导论》(第二版)

收入"翻译专业必读书系"(全国翻译硕士专业学位教育指导委员会推荐用书),丛书总主编:谢天振,柴明颎。

北京大学出版社 2018 年版。

责任编辑:郝妮娜

与初版相比,增加了"自序",对一百五六十处需要修正的技术性问题进行了修正,同时还做了少量的文字修订,"对原先一些学术观点表达得不是很确切的地方进行了一定的补充和调整"。

《翻译研究新视野》

收入"翻译理论与实践丛书"。

青岛出版社 2003 年版。

责任编辑:曹永毅

前言

第一章　当代国际译学研究的最新趋势

　　第一节　西方翻译研究史的回顾与反思

　　第二节　当代西方翻译研究的三大突破和两大转向

　　第三节　俄罗斯、东欧翻译研究的最新进展

第二章　比较文学与翻译研究

　　第一节　翻译研究:比较文学立场

　　第二节　文学翻译:一种跨文化的创造性叛逆

　　第三节　翻译:文化意象的失落与歪曲

　　第四节　误译:不同文化的误解与误释

第三章　翻译文学新概念

　　第一节　翻译文学:争取承认的文学

　　第二节　小说翻译:从政治需求到文学追求

　　第三节　中国翻译文学史:实践与理论

《翻译研究新视野》(福建教育出版社版)

收入"比较文学名家经典文库"，丛书主编：杨乃乔。

福建教育出版社 2014 年版。

责任编辑：张丽艳

与青岛出版社所出的版本相比，新版目录基本不变，内容有所修正。另外，增加篇目为：

代前言：国内翻译界在翻译研究和翻译理论认识上的误区

附录

附录一　主要著述选编

附录二　论比较文学的翻译转向

附录三　中国文学走出去：问题与实质

附录四　论翻译的职业化时代

《比较文学与翻译研究》

收入"当代中国比较文学研究文库"，丛书主编：谢天振，陈思和,宋炳辉。

复旦大学出版社 2011 年版。

责任编辑：余璐瑶　赖英晓

代序：我与比较文学

上编

中国比较文学：危机与转机

从比较文学到比较文化——对当代国际比较文学研究趋势的思考

面对西方比较文学界的大争论

启迪与冲击——论翻译研究的最新进展与比较文学的学科困惑

重申文学性——对新世纪中国比较文学发展的思考

论文学的世界性因素和影响研究——关于"20 世纪中国文学的世界性因素"命题及相关讨论

研究生教学：期待比较文学系列教材

强强联手,规范比较文学的学科建设

正视矛盾,保证学科的健康发展

比较文学：理论、界限和研究方法

论比较文学的翻译转向

译介学：比较文学与翻译研究新视野

下编

为"弃儿"寻找归宿——翻译在文学史中的地位

翻译文学——争取承认的文学

比较文学与翻译研究

误译：不同文化的误解与误释

翻译：文化意象的失落与歪曲

建立中国译学研究的文艺学派

文学翻译：一种跨文化的创造性叛逆

中国翻译文学史：实践与理论

作者本意和本文本意——解释学理论与翻译研究

国内翻译界在翻译研究和翻译理论认识上的误区

译者的诞生与原作者的"死亡"

多元系统理论：翻译研究领域的拓展

当代西方翻译研究的三大突破和两大转向

论译学观念现代化

并非空白的十年——关于中国"文革"时期的外国文学翻译

翻译本体研究与翻译研究本体

后记

《海上译谭》(学术随笔)

复旦大学出版社 2013 年版。

责任编辑：余璐瑶

前言

译苑撷趣

无奈的失落——《迷失在东京》片名的误译与误释

译事漫议

如何看待中西译论研究的差距——兼谈学术争鸣的学风和文风

谁来向世界译介中国文学和中国文化？

今天，我们该如何纪念杨宪益先生？

假设鲁迅先生带着他的译作来申报鲁迅文学奖——对第三届鲁迅文学奖优秀文学翻译奖评奖的一点管见

文学翻译缺席鲁迅奖说明了什么？

翻译学发展的必由之路

学科建设不能搞"大跃进"——对近年来国内翻译学学科建设的一点反思

翻译学，何时才能正式入登教育部学科目录？——对《学位授予和人才培养学科目录(2011 年)》的质疑

译学沉思

为了真正参与全球性的对话——新中国六十年翻译视野的回顾

对《红与黑》汉译大讨论的反思

译介学研究：中外文学关系新视角

冲击与拓展——论翻译研究和比较文学的关系

文化转向：当代西方翻译研究的最新走向

为翻译立法，此其时也

为翻译文化打造良好的交流平台

翻译：从书房到作坊——2009 年"国际翻译日"主题解读

中西翻译史整体观探索

新时代语境期待中国翻译研究的新突破

"梦圆"之后的忧思

《超越文本　超越翻译》

收入"中国当代翻译研究文库",丛书主编:谢天振,王宁。

复旦大学出版社 2014 年版。

责任编辑:余璐瑶

前言

上编　翻译文学与翻译文学史

翻译文学——争取承认的文学

文学翻译:一种跨文化的创造性叛逆

创造性叛逆:争论、实质与意义

中国翻译文学史:实践与理论

翻译文学史:探索与实践——对新世纪以来国内翻译文学史著述的阅读与思考

非常时期的非常翻译——关于中国大陆"文革"时期的外国文学翻译

中编　翻译研究的文化转向

当代西方翻译研究的三大突破和两大转向

作者本意和本文本意——解释学理论与翻译研究

译者的诞生与原作者的"死亡"

多元系统理论:翻译研究领域的拓展

翻译本体研究与翻译研究本体

下编　翻译职业化时代的理念与行为

中西翻译史整体观探索

论翻译的职业化时代

翻译：从书房到作坊——2009 年国际翻译日主题解读

关注翻译与翻译研究的本质目标——2012 年国际翻译日
主题解读

切实重视文化贸易中的语言服务

从翻译服务到语言服务

换个视角看翻译——从莫言获诺贝尔文学奖谈起

中国文学走出去：问题与实质

《隐身与现身——从传统译论到现代译论》

收入"会通丛书"，丛书主编：叶隽。

北京大学出版社 2014 年版。

责任编辑：刘祥和

引言　隐身与现身：传统译论向现代译论视角的转变

第一章　换个视角看翻译

　　第一节　从莫言作品"外译"的成功谈起

　　第二节　电影 Lost in Translation 片名的翻译及其
　　　　　　无奈

　　第三节　译介学：比较文学与翻译研究的交汇与接壤

第二章　译学发展的历史必然

《海上杂谈》(学术随笔)

收入"青青子衿"系列,丛书主编：郑培凯。

香港城市大学出版社 2018 年版。

实习编辑：关喜文　杨茗

（二）主编或合作的学术著作

《比较文学》

陈惇、孙景尧、谢天振主编，收入国家教委"九五"重点教材。
高等教育出版社 1997 年初版、2007 年第二版、2014 年第三版。

责任编辑：刘新英

谢天振撰写：第一编第二章中的第四节"中国比较文学的

贡献";

第二编第二章"主题学"、第三章"译介学"。

《中国现代翻译文学史(1898—1949)》

本书为国家社科基金"九五"重点项目成果。

谢天振、查明建主编。

主要撰写者：谢天振、查明建、陈建华、姚君伟、许光华、卫茂平、宋炳辉。

上海外语教育出版社 2004 年版。

责任编辑：高玲玲

总论

上编

第一章　中国现代翻译文学的滥觞

　　第一节　清末民初的文学翻译活动

　　第二节　早期的翻译机构和翻译刊物

第二章　中国现代翻译文学先驱

　　第一节　梁启超

　　第二节　严复

　　第三节　林纾

　　第四节　苏曼殊、马君武等翻译家

第三章　"五四"与 20 年代的翻译活动

　　第一节　新青年社的翻译活动

　　第二节　文学研究会的翻译活动

后记

《傅雷——那远逝的雷火灵魂》

收入"跨文化沟通个案研究丛书",丛书主编:乐黛云。

谢天振、李小均著,文津出版社 2005 年版。

责任编辑:李君伟

总序(乐黛云)

前言

第一章　在生死之间

　　一、孤单幼年

　　二、欧游身影

　　三、美专日子

　　四、烽火岁月

　　五、新旧之间

　　六、政治风云

　　七、悲凉晚景

第二章　思想的魅力

　　一、儒家忠实的门徒

　　二、道家艺术的传人

　　三、希腊文明的皈依人

　　四、理性精神的追随者

　　五、自由独立的知识分子

第三章　翻译的政治

《20世纪中国外国文学翻译史》

与查明建合作。此书"现代部分"以上海外语教育出版社版《中国现代翻译文学史》为初稿,由陈建华、姚君伟、许光华、卫茂平、宋炳辉等参与编写(见该书后记)。

湖北教育出版社 2007 年版。

责任编辑：唐瑾

前言

中编　中国当代外国文学翻译(一)(1949—1976)

語境中的外国文学翻译

参考文献

《中西翻译简史》(简体字版)

收入"全国翻译硕士专业学位（MTI）系列教材"，丛书总主编：何其莘，仲伟合，许钧。

外语教学与研究出版社 2009 年版。

责任编辑：马旭

本书由谢天振负责确定全书的编写框架、大纲以及最终定稿。撰写者包括：谢天振、黄德先、丁欣、何绍斌、张莹、耿强、卢志宏、江帆、吕黎等。

第一章　当代翻译研究视角下的中西翻译史

　　第一节　不同语言的民族之间的交际需求促成了翻译的产生

　　第二节　宗教典籍翻译拉开了中西翻译史的帷幕

　　第三节　文学翻译丰富、深化了对翻译的认识

　　第四节　非文学翻译带来了翻译的职业化时代

第二章　中西翻译史的分期

《中西翻译简史》（繁体字版）

台北书林出版有限公司 2013 年版。

执行编辑：周佩蓉

除第一章、十二章、十三章标题有所调整外，内容与 2009 年版基本一致。

《外国文学译介研究》

为"新中国 60 年外国文学研究"("十二五"国家社科基金重
大项目成果,也列入"十二五"国家重点图书出版规划项目)项
目成果之一(第五卷),丛书主编:申丹,王邦维。

本卷主编:谢天振,许钧。

北京大学出版社 2015 年版。

责任编辑:郝妮娜

撰写人有:谢天振、许钧、田全金、杨忠闻、和丽伟、李晓娟、
卢玉玲、沈珂、陈民、宋炳辉、江帆、腾威、陈浪、赵稀方。

作为子项目主持人和本卷主编,谢天振负责全书结构大纲
的构思,撰写了绪论和第十章,并负责全书统稿、定稿。

总论

绪论

《翻译的理论建构与文化透视》(论文集)

　　上海外语教育出版社 2000 年版。

　　责任编辑：陆英英

　　谢天振担任主编,撰写前言及论文《作者本意和本文本
意——解释学理论与翻译研究》。

《翻译论丛》(论文集)

　　上海外语教育出版社 1998 年版。

　　耿龙明主编,谢天振担任副主编。

（三）参与撰写的学术著作

《比较文学三百篇》

智量主编，上海文艺出版社 1990 年版。

责任编辑：陈征

谢天振担任副主编，并负责部分内容撰稿。

《英国文学名家》

董翔晓、卢效阳、谢天振、包幼华著。

黑龙江人民出版社 1984 年版。

责任编辑：杨明生

谢天振负责其中 6 万字的撰稿。

《世界文学家大辞典》

于廷敏等编写，四川人民出版社 1988 年版。

责任编辑：王馨钵

谢天振负责其中 2 万字的撰稿。

《比较文学史》

曹顺庆主编，四川人民出版社 1991 年版。

责任编辑：陈舒平

谢天振负责其中 2 万字的撰稿。

《青年文学手册》

何满子、耿庸主编，上海辞书出版社 1990 年版。

责任编辑：吉明周

谢天振负责其中 1 万字的撰稿。

《中西比较文学教程》

乐黛云主编，高等教育出版社 1988 年版。

谢天振负责其中 5 万字的撰稿。

二、编译著作

（一）学术编著

《苏联文学词典》

廖鸿钧、黄成来、陆永昌、谢天振编译，江苏人民出版社 1984 年版。

责任编辑：何如

谢天振负责其中 8 万余字的撰稿。

《狄更斯传》

台北业强出版社 1991 年版。

责任编辑：郑闲

《深插底层的笔触——狄更斯传》

世界图书出版公司 1994 年版。

（二）年度外国文学翻译作品文选

《21 世纪中国文学大系·翻译文学卷》

年度文选，共出版 11 卷。谢天振选编，并撰写编选序言。

其中，第 1—10 卷由春风文艺出版社出版。责任编辑：温去非等。第 11 卷改由漓江出版社出版。

（三）翻译著作

《比较文学引论》

[罗马尼亚]迪马著，上海译文出版社 1991 年版。

责任编辑：傅石球

《普希金散文选》

普希金著，百花文艺出版社 1995 年版。

责任编辑：谢大光

译序

第一辑　断想录

断想录

第二辑　人物漫记

杰尔查文

卡拉姆辛

俄国戏剧之我见

论拜伦的诗剧

论奥林的悲剧《科赛尔》

论莎士比亚的《罗密欧与朱丽叶》

荷马的《伊里亚特》

论弥尔顿和夏译《失乐园》

"В. л. п 的游记"

关于永久和平

第四辑　游记

克里木记行

致 л. С. 普希金

一八二九年远征时的埃尔祖鲁姆之行

译后记

《南美洲方式》

长篇小说。［俄］С. 扎雷金著，谢天振译，收入由其主编的"当代名家小说译丛"，花城出版社 2000 年版。

责任编辑：林青华

书首有谢天振撰写的《译序》。

《当代国外文学理论流派》

［英］杰斐逊、罗比著，卢丹怀、谢天蔚、王坚良、俞如珍译，上海外语教育出版社 1991 年版。

谢天振负责全书校译。

三、教材编著

《中国文学文化读本》

收入"高等学校翻译专业本科教材",丛书主编：仲伟合,何刚强。

谢天振、杨彬合著,外语教学与研究出版社2016年版。

责任编辑：屈海燕

前言

第1章　礼乐浑融——中国文化之核心"和"

(文选)诗·周南·关雎

(泛读)廉颇蔺相如列传

(拓展及自选篇目)三孝廉让产立高名

第2章　鬼神信仰——中国人的超自然想象

(文选)刘晨阮肇

(泛读)拟想

(拓展及自选篇目)我看老天爷——中国的天的一个

综合观察

第3章　玄思妙悟——中国人如何认识世界

(文选)庄子·内篇·逍遥游第一

(泛读)《百喻经·引言》及佛教偈颂一组

(拓展及自选篇目)道与命

第4章　节令物候——中国人的天时感悟

第14章　垂衣而治——中国人的服饰文化

（文选）蓬公孙书坊送良友马秀才山洞遇神仙（节选）

（泛读）马皮蚕女

（拓展及自选篇目）衣裳

第15章　慎终追远——中国人的丧葬文化

（文选）祭十二郎文

（泛读）亲朋祭奠开筵宴西门庆观戏感李瓶（节选）

（拓展及自选篇目）上坟船

附录

谈读书

父亲的旧裤子

西敏大寺

独游之乐

《当代国外翻译理论导读》

谢天振主编，南开大学出版社 2008 年版。

责任编辑：牛叔成

2018 年第二版对第一版中存在的翻译错讹进行了修订，基本内容没有改动。

前言（谢天振撰）

第一章　语言学派翻译理论

　　1. 罗曼·雅克布逊　论翻译的语言学问题

　　2. 彼得·纽马克　交际翻译与语义翻译（Ⅱ）

《比较文学概论》

是"马克思主义理论研究和建设工程重点教材"之一,高等教育出版社 2015 年版,《比较文学概论》编写组编写。

责任编辑:刘新英

谢天振负责第三章"比较文学与翻译研究"的撰稿。

《简明中西翻译史》

谢天振、何绍斌著,收入"高等学校翻译专业本科教材"丛书,丛书总主编:仲伟合,何刚强。

外语教学与研究出版社 2013 年版。

责任编辑:屈海燕

第一章　人类早期的翻译活动

第二章　中国历史上的佛经翻译

第三章　中国自汉讫明初的世俗翻译

第四章　西方的圣经翻译

第五章　中国明末清初时期的翻译

第六章　西方中世纪的世俗翻译活动

第七章　中国 19 世纪的翻译活动

第八章　西方文艺复兴至 19 世纪的翻译活动

第九章　中国 20 世纪上半叶的翻译活动

第十章　中国 20 世纪的翻译活动

第十一章　新中国成立以来的翻译活动

四、丛书策划与主编

（一）学术丛书

1. "外国文化名人传记丛书"（与孙乃修、陈信伟合作主编），台北业强出版社。

2. "当代中国比较文学研究文库"（与陈思和、宋炳辉合作主编），复旦大学出版社，共 24 本。

3. "中国当代翻译研究文库"（与王宁合作主编），复旦大学出版社，共 9 本。

4. "世界文化名人传记丛书"（共 10 本），世界图书出版公司，1994—1996 年出版，丛书主编。

（二）其他丛书

"轻轻松松学英语丛书"（5 本），世界图书出版公司，1994 年，与柴明颎共同主编。

"实用口语 100 句系列"（10 本），世界图书出版公司，2005 年与柴明颎合作主编。

"黑旋风译丛"（5 本），学林出版社，2001 年起出版，主编夏景（谢天振笔名）。署名夏景主编"黑旋风译丛"五本（《死神旗下》、《浴血宝藏》、《神秘失踪》、《滴血玫瑰》、《柯南道尔和杀人魔王杰克》），学林出版社，2001 年。

"当代名家小说译丛"：谢天振译《南美洲方式》（[俄]扎雷金著），范文美译《一个男人与两个女人的故事》（[英]多丽丝·

莱辛著),袁筱一译《流浪的星星》([法]勒克莱齐奥著),林乙兰译《美仑梦寻》([美]惠特尼·奥托著),王殿忠译《法兰西遗嘱》([法]安德烈·马奇诺著),常立译《毕加索的女人》([加]罗萨琳·麦克菲著),陶乃侃译《金色的舞裙》([澳]玛丽安·哈利根著),共 7 本,花城出版社 2000 年至 2001 年出版。

后记

　　这部年谱的编撰起因,是应原《当代作家评论》主编,后主编《东吴学术》的林建法先生的邀约。当时林建法先生倡议发动编撰当代作家和学者年谱,谢天振老师的年谱就是其计划中的一部,而编撰的任务就落到我身上。我自上世纪八十年代末开始在业师贾植芳先生家的客厅里结识谢老师至今,已逾三十年,自 1998 年调入上海外国语大学工作以来,在天振老师身边工作也超过二十年了。三十多年来,我从他那里所受的教益多多,他是我从学生涯中最重要的师长之一。他在学术研究、教书育人、学术出版与组织方面的许多工作,我也多少参与并成为见证者之一。所以特别乐意承担这项文事。

　　年谱最早于 2015 年夏完成过一个 5 万字的初稿,刊发于《东吴学术》2015年第5期。后又增补修订三遍，以成此稿。

编撰工作是我与郑晔博士通力合作下完成的，在年谱基本材料线索的整理方面，郑晔费力颇多。同时，天振老师也为我们提供了丰富的信息，他有一个记录日常工作要点的习惯，这对于年谱的编撰而言，几乎就已经有了一个基本框架。这也可以见出谱主对于学术与教育工作的认真与热忱；这认真与热忱背后，则是一份真心的喜爱。

这本年谱，以叙述谱主的学术与教育为主，偶尔涉及其行踪和交游，也是以学术教育为取舍的依据。天振老师虽然年已古稀，但无论身体还是心态都依然生龙活虎，思想更是活跃，常常不是出现在国内外重要的学术会议现场，就是面对青年学子侃侃而述问学之道，每日更是笔耕不止，直令吾辈中年汗颜。不过，也正因这方面的信息丰厚，所以相对而言，本稿只摘其概要，而无法提供更详细的信息。

另外，本稿所录时间也暂时截止于2018年底，而天振老师的许多重要著述正在出版或筹划当中，比如2019

年底将有两卷个人选集在商务印书馆出版,十卷本的《谢天振文集》也在编撰当中,有望在未来一两年内问世。这些信息,都有待日后再做增补了。

最后,虽然我们已经勉力而为,但稿中一定仍有不少错误或不当之处。需要说明的是,凡有粗疏误漏处,责任均在我本人。

作者 2019 年 9 月 24 写于望园阁